魔豆

魔豆

明明是魔族的我，

為什麼變成了拯救人界的英雄？

vol.2

天罪——著

明明是魔族的我，為什麼變成了拯救人界的英雄？

vol.2

目錄

克拉蒂 精靈人
克勞德 牛頭人魔
智骨 骷髏魔

明明是魔族的我，為什麼變成了拯救人界的英雄？

CHARACTERS

Prologue

正義之怒要塞的魔界軍司令部裡，司令官與四名軍團長齊聚一室。

正義之怒要塞原是人界軍的前線基地，魔界軍攻打下來後，由於某些原因，保留了絕大部分的建築物，甚至連內部家具與裝潢也一併留下，這個房間正是其中之一。

因爲以前是某個貴族的所有物，房間布置金碧輝煌。作工精細的厚重桌椅、水晶雕刻的巨大吊燈、造型優雅的黃金燭台、花紋絢爛的手織地毯……房間內每一件物品都奢華無比。

然而若是跟房間裡面的五人一比，這些奢侈品也會黯然失色。

首先是坐在長桌主席的美少年。

年紀大約十歲，金紫相間的髮色帶有一股高貴與神祕感，雙眸則是暗金色。他的名字是雷歐，魔界軍正義之怒要塞司令官，同時也是現任魔王之子。雷歐在不久前剛過一百零六歲生日，由於惡魔族的壽命很長，因此使用人化首飾時，會映射出少年般的外表。雖然可以用魔法改變外觀，但因爲覺得麻煩，所以雷歐也就順其自然了。

長桌右側坐著兩名女性。

其中一位是外表年紀大約十二、三歲，有著黑色頭髮與眼眸的美少女。身材嬌小，皮膚白皙，容貌精緻，就像是一位教養良好的深閨千金。她的名字是黑穹，龍族，魔界軍超獸軍團長。之所以會變成幼女，原因與雷歐相同。

另一位是有著金色縱髮髮與紫色眼眸，身材凹凸有致的艷麗女性。她單手支頷、雙眼半閉，渾身充滿了慵懶的氣息。她的名字是夏蘭朵，巫妖，魔界軍不死軍團長。她並沒有佩帶人化首飾，此時的姿態就是她的眞容。

長桌左側坐著兩名男性。

其中一人身穿造型有如神職者的黑色祭袍與法帽，全身上下包得密不透風，沒有露出半點肌膚，就連臉孔都用黑布蒙住，雙手也戴著手套，令人看了就覺得悶熱。他的名字是桑迪，妖魔，魔界軍魔道軍團長。由於長年總是這身造型，被人私下戲稱爲黑殼蟲，但除了黑穹，沒人敢當面這麼叫。

另一人則是銀髮銀眸的青年，他髮長及腰，容貌美麗，身形筆挺，簡直就像是從畫裡走出來的一樣。他的名字是無心，構裝生物，魔界軍狂偶軍團長。魔界軍八大軍團長裡，他的存在最為特殊，因為他是由魔王親手打造的，就某方面來說，地位與雷歐相差無幾。

這五人無論是容姿或氣勢都非比尋常，當他們聚集在一起時，那股異常強大的存在感，足以壓倒任何稀世珍寶。

「——那麼，開始吧。」

擔任議長的司令官雷歐開口說道。

「關於人界軍正在建造的那個，大家有什麼想法？」

雷歐口中的「那個」，自然就是人界諸國正傾力興建的復仇之劍要塞。

人界軍雖然極力保密，但機緣巧合之下，這件事還是傳入了魔界軍耳中。這場會議的目的，就是決定如何應對人界軍的新要塞。

「當然是趁還沒蓋好前衝過去摧毀掉，省得以後麻煩。」

黑穹率先發言。與柔弱的外表不同，她的意見充滿了攻擊性。

「太衝動了。應該先收集情報，再決定該怎麼做。」

桑迪緩緩搖頭。他傾向保守行事。

「要蓋就讓他們蓋嘛，有事等他們蓋完再說。」

夏蘭朵說完打了一個哈欠。這已經不能叫保守，而是不作爲了。

「我會聽從司令官的指令行動。」

無心面無表情地說道。簡單地說就是沒意見，一切上面說了算。

四名軍團長，四種想法，彼此之間毫無交集，簡直就像是四條平行線。雷歐雙手抱胸，閉眼思考了數秒，最後睜開雙眼認眞說道：

「……我懂了。衝過去收集情報，然後交給上面，再由他們判斷該怎麼做，在那之前我們繼續維持戰略防守的姿態，你們的意見就是這樣吧？」

雷歐完美地融合了各方意見，將四條平行線強行合一，四位軍團長聽了忍不住發出讚美的嘆息。不僅把問題甩給上級，甚至完全不發表個人意見，只陳述下屬的建議，最大限度地規避了責任，不愧是魔王之子，果然有一套！

「那麼，接下來就是由誰去收集情報了。」

雷歐的視線往四人身上掃過。

只見黑穹凝視著虛空，明顯正在發呆；桑迪仔細研究眼前茶杯的紋路，彷彿裡面隱藏了什麼深奧的祕密；夏蘭朵不知何時戴上了眼罩，沉溺於甜美的夢鄉；無心有如壞掉的玩偶般歪頭癱坐在椅子上，看起來似乎精神連結因為某種意外斷掉了。

雷歐見狀暗暗佩服，不愧是四大軍團長，裝死的功力一流。

雷歐能夠理解為何他們會做出如此姿態。

如果任務換成了衝鋒陷陣，這四人肯定會積極爭取。深入敵營收集情報這種工作，對他們而言是全然陌生的領域，失敗的機率極高，接下了也只是自找麻煩。

事實上，最適合這種工作的是同為魔界軍八大軍團之一的幽影軍團。

幽影軍團以無實體魔族為主，成員大多是靈系生物、氣體生物與陰影生物。他們行動時無聲無息，不僅能穿牆透壁，還有附身能力，對他們而言，諜報工作簡直是天職。

遺憾的是，幽影軍團正駐守於魔界，而且這支軍團地位特殊，想調動他們，必須經過冗長的文書作業。

「……我明白各位的心情了。關於人選一事，我會慎重考慮的。」

雷歐用這句話為會議畫下句點。

魔界軍會議實況

今天的會議主題是，
關於後方運來的軍糧不足時的應變措施，
請大家踴躍發言。
重點是肉！所以養動物吧！
不能輕視蔬菜，建議開闢菜園。
不死生物不用吃飯。
……只要有機油就夠了。
決定了！今晚吃炸肉餅！
果菜汁是邪道！
機油的黏度是重點！
聽說骷髏可以熬湯哦！
是說我們本來在討論什麼？
熱鬧
熱鬧
據說這些人都是天才。

01.
開拓小隊再出擊

所謂的智者，是一種能夠扭轉情勢，將不可能化爲可能的存在。

不管面對何種危局或險境，都能提出解決的對策；無論遭遇何種難題或麻煩，都能想到妥善處理的方式。用頭腦戰勝肌肉解決不了的難關，以智謀突破命運設下的重重險阻——這正是智者的價值所在。

正義之怒要塞，超獸軍團營區大門崗哨，兩名士兵就在談論關於智者的話題，好打發無聊的値勤時間。

「正義之怒要塞最聰明的智者——毫無疑問，當然是我們的軍團長啦！」

狗頭人士兵用理所當然的口氣說道。

「雖然我覺得你說的很對，但這種話在我們營區裡面講講就好，絕對不可以在外面說出來。」

人類士兵贊同之餘，不忘提醒對方千萬別做傻事。

「其他軍團會來找麻煩對吧？我知道。哼，這些傢伙的心胸有夠狹窄的，連承認事實的勇氣也沒有。同爲魔族，我眞爲他們感到可悲。」

「總覺得以前跟你好像也有過類似的對話……算了，你的臉怎麼還是這樣子？沒參加人類補完計畫？」

一談到這個，狗頭人士兵的耳朵跟尾毛立刻垂了下來。

「我想參加，可是沒報到名……」

「這樣啊，那就等下次吧。」

「不是，你不覺得很奇怪嗎？在報名處門口舉辦擂台賽是什麼鬼啊！為什麼只有打贏的魔族才能報名？這根本不合理啊！」

「因爲想參加的魔族太多了嘛。受理報名的士官嫌麻煩，所以才搞出這種東西。」

「那爲什麼還要分等級啊？什麼暗黑八鬥士、絕死四天王、闇宵雙璧、黑天霸王的，不是打通擂台以後就不會再來了嗎！搞成這樣有什麼意義啊！」

「因爲有趣嘛，而且聽起來不是很帥嗎？」

「哪裡帥了？那些稱號聽起來爛爆——呃，爲什麼捏我肩膀？我……痛痛痛痛！好痛好痛！痛死了啊啊啊啊啊——！」

「剛才那些話我可不能聽過就算吶……敢在我第一任絕死四天王『腥紅旅者』面前講這種話，想必已經做好覺悟了吧？」

「原來你也是嗎──！痛痛痛痛痛痛！快斷了快斷了！肩膀骨頭發出可怕的聲音了啊！是、是我錯了！對不起！」

「咈咈咈，好吧，這次就饒了你。」

人類士兵鬆開手，狗頭人一邊壓著肩膀大口喘氣，一邊敬畏地看著對方。

魔族利用人化首飾變化後，力量最多只能發揮原本的一半，如果原形跟人形相差極大，這個比例會變得更低，甚至有到僅剩百分之幾的例子。這名化為人形的士兵，竟然可以在力量上壓制仍維持魔族原形的狗頭人士兵，可見實力之強。

「不、不愧是絕死四天王，你好強啊，學長。」

「就說不用叫學長了。下次開口之前，好好想一想什麼話該說，什麼話不該說。以免惹到不該惹的對象。」

「是！學長！」

「真是……上面不知道怎麼想的，竟然讓你這種笨蛋入伍。再這樣下去，我們『魔界軍智者數量第一』的招牌肯定會被搞砸。」

「對不起，學長！我會努力鍛鍊自己，成為不會讓超獸軍團之名蒙羞的智者！」

「嗯，加油吧。雖然還有很多不足的地方，不過我看好你。」

「學長……」

狗頭人士兵眼眶含淚地看著人類士兵，人類士兵則回以信賴的眼神。如果忽略掉他們的對話內容，這的確是頗爲感人的一幕。

附帶一提，「魔界軍智者數量第一」乃是自封的，這個稱號從未獲得任何超獸軍團以外的魔族承認。

「努力精進自己吧，菜鳥。如果你的智力水準能有智骨上尉的十分之一，那就是當之無愧的智者了。」

人類士兵一邊輕拍狗頭人士兵的肩膀，一邊說道。狗頭人士兵先是被對方的動作嚇得抖了一下，然後被對方的話語勾起了好奇心。

「智骨上尉的智謀很厲害嗎？」

「當然。他不僅是千年一遇的天才不死生物，還是了不起的智者，就連司令官與四位軍團長也中過他的計謀，被他玩弄於股掌之中。」

「什麼！」

狗頭人士兵驚訝地張大嘴巴，口水都流到了胸口。

正義之怒要塞的四位軍團長全都不是什麼仁慈的角色，超獸軍團長黑穹的暴力、魔道軍團長桑迪的腹黑、不死軍團長夏蘭朵的殘忍、狂偶軍團長無心的冷酷，無論惹到哪一位都不是小事，更何況是四位全惹。

「他、他沒有被上面報復嗎？」

「咈咈咈，不然怎麼說是智者呢？他的手段完全合理，上面想報復也找不到理由。後面可能會找麻煩，不過以智骨上尉的智謀，要化解想必也是輕而易舉吧。他能平安活到現在，就是最好的證明了。」

「原來如此。智骨上尉果然了不起，我越來越尊敬他了。」

狗頭人士兵一臉佩服地點頭。就在這時，崗哨外面冒出了一名高大的人類士兵。狗頭人士兵認得他，傳令兵阿莫，雖然軍階很低，但由於頭上貼著「黑穹直屬」的標籤，連軍官也得客氣對待他。

黑穹此時正在營區外面的訓練場，阿莫會在這時回來的理由只有兩種，一是爲了傳達黑穹的命令，一是把智骨的屍體送回來——通常以後者居多。

「我送智骨上尉回來。」

阿莫說道。果然是後者，狗頭人士兵心想。

「辛苦了……上尉呢？」

狗頭人士兵沒看到智骨的屍體，阿莫什麼都沒說，只是舉起一個袋子晃了晃，然後走進營區。

沉默的風吹了起來，彷彿在哀悼逝去的智者。

「……難道？」

「啊啊，看來今天黑穹大人心情特別不好，把上尉整個給打爆了。」

人類士兵臉色複雜地看著阿莫的背影，然後深深嘆了一口氣。

「……菜鳥，我收回先前的話。智骨上尉雖然一直活到現在，但跟『平安』這個形容詞絕對扯不上關係。」

「……嗯，我知道。智骨上尉……果然是非常值得尊敬的魔族。」

睜開眼睛，熟悉的天花板頓時映入眼簾。

智骨從自己專用的復活點——事實上只是辦公室的角落——爬起來，並且檢查身體有無異狀。這次他是字面意義上的被打爆，骨頭碎片被撿起來打包的時候，很容易混入一些奇怪的東西。

確認好自身狀態後，智骨的視線落到房間中央，然後看見兩名青年正在打牌。

其中一名青年有著及肩白髮與黯淡紅眸，身材削瘦、臉色蒼白，看起來似乎重病纏身。另一名青年則是剛好相反，他有著醒目的金髮與藍眸，渾身上下洋溢著自信。兩人的共通之處，就是容貌相當美形。

白髮美青年名爲菲利，金髮美青年名爲金風，他們都是智骨的副官同僚，一同面對職場暴力的重要夥伴。

「醒來啦？辛苦了，智骨，今天死得非常壯烈喲。」

「好久沒見到你被徹底打爆的樣子了，大概有一個月吧？要不要今晚去射月者慶祝一下啡？」

菲利與金風一邊慰問智骨，一邊抽鬼牌，表情與語氣完全感覺不到任何擔心情緒。

「……是克勞德接我的班嗎？」

「啊啊，沒錯。明明抽中籤卻一直不肯去，所以我們先把他揍到失去意識，再用繩子捆起來叫阿莫拖走。」

「眞是太難看了啡，牛頭人明明是很勇猛的種族，爲什麼會出現像他那樣的懦夫呢？」

兩人毫不客氣地嚴詞批評被強行拱上祭品之位的克勞德。雖然是交情要好的重要同伴，但爲了自己的小命著想，該犧牲的東西還是得犧牲。

「話說回來，最近黑穹大人似乎特別暴躁。你知道原因嗎，智骨？」

「……不知道。」

其實智骨是知道的，但因涉及軍事機密，所以只能否認。

黑穹心情不好的原因，源自於不久前來自司令部的一紙命令。要塞司令官雷歐決定派人潛入敵陣進行諜報任務，並且指名黑穹與智骨一定要加入。

在正面戰場的搏殺戰鬥上，超獸軍團有著絕不會輸給任何軍團的自信，尤其是軍團長黑穹，每逢戰鬥總是衝在最前面，以絕對的實力與豪氣帶領麾下士兵走向勝利。

像諜報任務這種檯面下的陰暗工作，明顯不是黑穹擅長的領域，因此最近她的心情一直很不好。不僅克勞德等人重傷的機率急速提高，智骨死亡的次數也明顯暴增。

「這可不行啊。智骨，現在正是你發揮聰明才智的時候。不然再這樣下去，我們可是會死的啡。」

「沒錯，就像之前那個扮裝比賽一樣，漂亮地逆轉情勢吧。」

「開什麼玩笑！你們以爲那個很簡單嗎？要是走錯一步，我可是會被燒成植物肥料的啊！」

智骨毫不留情地拒絕了兩名同僚的請託。

所謂扮裝比賽，是智骨以前策劃的人補委活動，同時也是智骨成功暗算了四大軍團長、讓人見識到他那恐怖智謀的代表作。

事情的起因，在於人類補完計畫委員會的建立。

當時雷歐等人一直在摸索如何才能讓魔界更加重視正義之怒要塞，「人類補完計畫」只是眾多測試方案之一，而且還是重要性靠後的那一種。正因如此，人補委成立後的第一次會議，司令官與軍團長們皆是讓副官代爲出席，而副官們也是第一次參加這種奇怪的會議，根本不知道該做什麼。

「畢竟是第一次開會，怎麼樣也要交出一點有意義的東西。在場所有魔族之中，再也沒有比你更懂這個了。提案的事就交給你啦，智骨！」

當時司令官副官沙奈爾如此說道，其他三大軍團長副官無條件贊同。哪怕再怎麼拚命抵抗，提案的責任最終還是落到了智骨頭上。

人類補完計畫畢竟是前所未有的新東西，誰也不知道它能做出什麼樣的成果，所以大家需要一道保險，也就是負責揹黑鍋的人。最適合的對象，莫過於智骨這位既是名義上的計畫創始者，同時也是資歷最淺的魔族了。

只不過智骨並沒有放棄反抗，他一邊提出了「人類扮裝比賽」這種荒謬的點子，一邊在計畫書裡埋下了四大軍團長也必須出場比賽的文字陷阱，因爲他認爲司令部絕對不會認眞審視他的計畫書。

智骨成功了！

由於四大軍團長被迫出場，這場比賽吸引要塞內所有魔族的目光，比賽結果也大獲好評，爲人類補完計畫的推動帶來莫大助益。同時智骨也一戰成名，全要塞的魔族都知道他們有這麼一位智勇雙全、連司令官與四大軍團長都敢算計的天才不死生物。

每次一想起那場扮裝比賽，智骨那不存在的胃便會隱隱作痛。當時他是基於自暴自棄的心態才會大膽地放手一搏，能夠成功有大半仰賴運氣。何況也因爲那場比賽，他在軍隊高層心中已經變成了「必須警戒的角色」，總體來說，壞處多過於好處。

「沒問題的，你可是天才不死生物啡。就算被燒成灰也能復活的啡。」

「而且每復活一次就會變得更強，歷經無數次死亡的不死強者，最後成長到足以挑戰魔王的存在……糟糕，聽起來好帥！」

「……你們是不是對『天才』跟『不死生物』這兩個字眼有什麼誤解？」

無論菲利與金風如何煽動，智骨始終不爲所動。他很清楚黑穹爲什麼心情不好，那可不是隨便使用什麼計策就能扭轉的問題。

「話說現在幾點……呃，已經三點了嗎？我死了這麼久？糟糕！」

智骨連忙跑向自己的辦公桌收拾東西，他的舉動引發兩位同僚的疑惑。

「嗯？幹嘛收東西？你不是要去接克勞德的班嗎？」

「不，我要去外面查資料，這是黑穹大人的命令……對了，要是克勞德撐不住，後面的事就拜託你們了。」

此話一出，菲利與金風的臉色立刻變了。

「你竟然想要自己逃跑！太卑鄙了啡！」

「我們不是曾經發誓要共同面對死亡的摯友嗎，智骨！」

智骨沒有回答，而是用更快的速度收好東西，然後瀟灑地離開了。

「可惡！既然如此，就用這次的勝負決定誰去接克勞德的班啡！」

「正合我意！就讓你見識一下人稱抽鬼牌之狐的我的厲害！」

菲利與金風雙眼露出銳利的光芒，原本和平的抽鬼牌遊戲頓時變得殺氣騰騰。過不久，副官辦公室便傳出「你作弊！」、「不准賴帳啡！」之類的咆哮，以及沉重又響亮的互毆聲。

自從黑穹收到來自司令部的諜報任務命令後，已經過了一星期。

這段時間裡，黑穹不斷地向司令官雷歐提出抗議，然而她的努力毫無成效。直到今天她才終於接受現實，心不甘、情不願地接下這份充滿問題的命令。

眾所皆知，上司是一種十分擅長把事情扔給下屬的生物，因此策劃與籌備的工作自然而然落到智骨頭上。唯一可以稱得上好消息的是，黑穹允許智骨暫時放下副官的工作不管，專心爲諜報任務的事情做準備。

「潛入敵軍的大本營……這是哪個白痴想出來的點子……」

智骨一邊低聲抱怨，一邊在圖書館尋找有用的資料。

這座圖書館是人界軍留下來的東西，或許是因爲覺得裡面沒什麼重要書籍，所以懶得浪費時間摧毀吧？但對智骨來說，這裡可是重要的知識之泉。

諜報工作最關鍵的一點，在於不能被人看穿自己是間諜。想要隱藏身分、順利融入人類社會，就必須大量汲取人界知識。

智骨的視線從書架上迅速掃過。《壞壞將軍愛上妳》、《壞壞老闆愛上我》、《壞壞少爺不懂愛》、《壞壞千金需要愛》、《壞壞女僕不求愛》、《壞壞軍師有絕愛》……一系列相似的書名令智骨感到莫名的震撼，他搞不懂這些書爲什麼都要用「壞壞」作爲書名開頭，想來是因爲某種文化或歷史因素吧？他對人界的認識還很淺薄，無法理解箇中原因。

「……唔，這本應該用得到。」

智骨從書架上拿起一本名爲《我身爲什麼事都沒有做的廢材村民，竟然被美少女勇者看上了！》的書，這是長篇作品，一共十三集，智骨只拿了第一集。他選擇此書的原因在於「村民」這個字眼，裡面應該會提到關於人界村莊的生活方式，可以完善這方面的常識。

除此之外，智骨的腋下還夾著兩本書，書名分別是《夢幻美少女戰記設定集》與《冒險家大叔也想談戀愛》，都是他覺得能對這次任務有所幫助的參考資料。

在此必須強調的是，這是一座位於前線的圖書館，會光顧這裡的都是一些尋求消遣的軍人。這座圖書館甚至在軍隊撤退時也沒被燒掉，可想而知，裡面擺的會是什麼樣的書籍……

「喲，小骨頭。」

沙啞的聲音從側邊傳來，令智骨那不存在的心臟爲之一緊。他轉頭一看，一道高大的黑色身影頓時映入眼簾。

「長、長官好！」

智骨連忙立正敬禮，因爲圖書館禁止喧譁，所以他壓低了聲音。

黑色身影點了點頭，同時走向智骨。此人一身有如神職者般的裝扮，並且把自己包得密不透風，找遍全正義之怒要塞，會這麼穿的魔族只有一個，那就是魔道軍團長——黑暗主教・桑迪。

「不用緊張。我說過，在這裡不用跟我敬禮。在浩瀚無垠的知識面前，你我都只是渺小的追求者。」

「是。我會記住的。」

智骨一邊回答，一邊心想自己怎麼可能不敬禮。眼前這傢伙可是魔界軍出名的三黑——臉黑心黑下手黑，要是隨便把他的話當眞，到時怎麼死的都不知道。

「唔，話說現在應該是上班時間，你怎麼會在圖書館？休假？還是蹺班？」

「是工作。我是奉黑穹大人的命令來查資料的。」

智骨雖有「那你上班時間又爲什麼會出現在這裡？」的疑問，但他很明智地沒有訴諸於口。能夠分辨什麼事該問，什麼事不該問，才是一具成熟的骷髏。

「黑穹的命令……？嗯……難不成是那個？司令官決定把那個間諜任務交給黑穹了，而且連你也一起帶上了嗎？」

智骨心中一凜。他明明只說了一句話，對方卻能推斷出事情緣由，不愧是魔界軍頂級的謀略型角色。

「不愧是桑迪大人，眞是太厲害了。確實如您所言，司令官把那個任務交給了黑穹大人，而且特別指名要我參加。」

智骨佩服地說道。不管桑迪的性格有多麼糟糕，穿衣風格多麼沒品味，至少他的智慧貨眞價實，値得付出敬意。

「咈咈咈，不用驚訝，因爲是我向司令官建議這麼做的。」

「……」

智骨剛剛萌生的那點敬意瞬間消失，只剩下滿腔殺意。

「別生氣，這是最合理的選擇。」

桑迪一邊緩緩搖手，一邊用輕鬆的語氣說道：

「這個任務的關鍵有兩點，那就是如何隱藏身分，以及與人類交流。你上一個任務的表現很好，全要塞就只有你有經驗，派你去是很正常的事。」

「克勞德上尉他們也有參與任務，論經驗的話——」

「別鬧了，他們是什麼貨色，你應該也很清楚吧。我有看過那次任務的影像記錄，要不是你指揮得當，那些傢伙鐵定會把事情搞砸。」

智骨很想說「沒這回事」，但靈魂深處的良知讓他無法把這句話說出口。

「……那麼，指名黑穹大人的理由又是什麼？」

「有很多方面的考量，不過最主要的原因是安全。」

「安全……？」

「要是你們被識破身分，肯定要逃回來吧？有黑穹在，就算敵人再多也能突圍。」

智骨恍然大悟。確實，一旦黑穹恢復原形，敵人根本攔不住她。就這點來說，再也沒有比黑穹更可靠的保險措施了。可是僅憑這點，就把堂堂超獸軍團長派去當間諜，這也未免太過大材小用了。

智骨委婉地提出質疑，桑迪點了點頭，接著突然壓低聲音說道：

「事實上，那丫頭最近有點煩。自從化爲人形後，她的精神變得太旺盛了，所以大家覺得還是找點事給她做比較好。把她派出去，要塞也會安靜不少。」

由於體型大幅縮小，化爲人形的黑穹有了更大的活動空間，可以盡情發洩因爲無仗可打而積累的過多精力。除了麾下士兵，其他軍團長也是黑穹的禍害對象，畢竟唯有軍團長才能與軍團長認真一戰。

事實上不只是三大軍團長，就連司令官雷歐也不時收到黑穹的比試邀請。這種事偶爾一次也就算了，要是天天都來，任誰都會覺得厭煩。由於黑穹一直把「這是人類補完計畫的重要測試！」這句話掛在嘴邊，所以大家乾脆遂了她的心願，把她派去執行與人類補完計畫有關的間諜任務。

「這樣一來，我也終於可以好好研究『關於人類感情、戰略制定與戰術執行的關聯性』這項課題了。」

桑迪一邊用欣慰的語氣說道，一邊拍了拍手上的書。智骨瞄了一眼，桑迪手中有兩本書，書名分別是《寂寞將軍俏女醫》與《霸道元帥有點冷》。

「……那個，也就是說，任務就算失敗也無所謂嗎？」

智骨試探性地問道。既然高層的目的是把黑穹扔出要塞，那麼任務成功與否就不是重點了。

「咈咈咈，能成功當然最好，失敗的話，剛好可以殺殺那丫頭的銳氣，省得她整天找我們麻煩。」

桑迪發出低沉的笑聲。智骨聽得全身骨頭都在打顫，一旦任務失敗，黑穹不再有藉口找軍團長們比試發洩精力的話，倒楣的絕對是他們這些部下。

最後桑迪拋下一句「加油吧！」便離開了，獨留智骨站在原地，陷入煩惱的深淵。

說起黑暗主教桑迪這個魔族，魔界軍內部對他的評論大多偏向負面，原因在於桑迪做事總在規則邊緣遊走，或是使出匪夷所思的手段。雖然他的所作所爲不一定是壞事，但這種做法理所當然會招來批評。

「歪斜的道路不可能通向正確的終點，其中一定會在哪裡出現偏差。就算只是一點點，也足以把魔族導向悲慘的道路。那傢伙就是歪斜之道的路標，要是完全照著他的話去做，絕對不會有什麼好下場！」

某位魔族大人物曾如此評論桑迪，並且獲得廣泛的支持。

即使樹敵無數，桑迪至今依舊好端端地坐在魔道軍團長的位子上。究其原因，在於他的能力與智謀實在太強，無論怎樣的難題，到了他手上總有辦法解決，因此就算大家再怎麼討厭他，也無法將其捨棄。魔道軍團長這個位子，已經是眾多大人物聯手壓制的結果，魔族高層甚至有著「如果沒被打壓，那傢伙說不定已經當上魔王」的傳言。

不知爲何，桑迪似乎很中意智骨，在路上遇到時會主動搭話，態度也還算親切。智骨自己也對桑迪的破格優待感到莫名其妙，但多虧如此，他才能從對方口中得知這次任務的祕辛。

回到宿舍的智骨徹夜苦思，隔天中午，他便前往自家軍團長的辦公室，呈上一本薄薄的計畫書。

「動作很快嘛。」

黑穹訝異地翻開計畫書。只要是設有期限的事務，不管是作業、工作或其他什麼，到最後一天才完成是很正常的事，此乃魔界軍不成文的傳統。

「這只是初步的草案，後面會根據您的建議加以修改。」

「不錯，有效率，把事情交給你果然是正確……嗯？」

黑穹的讚美突然中斷，接著皺起眉毛，抬頭看向智骨。

「潛入的成員只有我們兩個？」

「是的。」

「爲什麼？」

「因爲只有這樣，完成任務的機率才能最大化。」

人界有句俗話叫「人多好辦事」，魔界也有一句類似的諺語，叫作「觸手越多越好」，然而這並非定律，要是隊友能力太差，只會變成拖累。

智骨一開始也想將克勞德他們一起拉下水，只有自己倒楣不如大家一起倒楣，但是在圖書館巧遇桑迪後，他最後還是打消了這個主意。一個黑穹就已經夠棘手了，要是再加上那三個傢伙，前途只能用一片混沌來形容。

「金風他們上次跟你一起出任務，我覺得他們表現得還不錯，應該也可以把他們加進來吧。」

「……如果您這麼希望的話。」

智骨忍不住在心中嘆氣。原本任務失敗的機率是一半，這下子恐怕要變成八成了。

「還有，潛入方式太差勁了。」

智骨的計畫，是請司令官雷歐發動一次低強度的試探性進攻，爲他們營造突破人界軍封鎖線的機會。等到成功混入對方要塞後，再躲到倉庫或地底之類的地方潛伏，先弄清楚必要的基本情報，再回到我方要塞，進行更完整的準備。

「躲倉庫或挖地洞？你以爲我是人界老鼠還是地鼠？要這麼做的話，根本用不著我出手，你去就夠了。」

黑穹一臉嫌棄地把計畫書扔回給智骨，明明看起來只是隨手一甩，力道卻極爲凶猛，智骨像是被重拳擊中般，身體彎成了く字形。

如果換成克勞德等人，恐怕這一擊會讓他們蹲在地上好一陣子，但智骨沒有痛覺，所以馬上就恢復原本的站姿。

「謝謝長官指教，我回去之後立刻修改。」

「好好寫，做法不要太小家子氣。別忘了，我們軍團的風格，一向是堂堂正正地碾碎敵人。」

「……是，我記住了。」

堂堂正正的間諜是什麼鬼啊！這世上有堂堂正正的間諜嗎？智骨在心中如此哀號。

就在智骨爲了上司的無理要求而煩惱到抱頭打滾時，事情突然在隔天出現轉機。

當時智骨正好從圖書館離開，路上巧遇下班的無頭騎士巴倫。巴倫先是抱怨上次智骨他們在樹林裡的行爲，在智骨表示願意請客道歉後，巴倫大度地原諒了他。

「算了，我也知道超獸軍團都是那副德行，眞不知道他們腦袋裡到底裝了什麼。你也要小心一點，別被他們同化了，笨蛋的傳染力可是很強的。」

智骨打從心底贊同對方，接著他們前往一間名爲「閃耀手指」的保齡球館。

這間球館同樣是人界軍撤退時留下來的，起初魔界軍還以爲這裡是練習弓箭的地方，並且努力研究該如何用倉庫裡的那堆球與瓶子來練習弓箭。直到在倉庫找到保齡球的指導手冊之後，才總算解開眾魔的疑惑。

魔界並沒有保齡球這種東西，因此大家都覺得很新鮮，打保齡球在正義之怒要塞成爲一股風潮，而且特別受到不死生物的喜愛。

在魔界，不死生物的娛樂方式就是做一些可以活動身體的事，例如跳舞什麼的。以巴倫爲例，他的興趣其實是跑步，並且努力把自己改造成適合長跑的身體，甚至還發下「總有一天要跟愛馬並肩奔馳！」的豪語。

此時正值晚餐時間，保齡球館難得沒有客滿，智骨與巴倫輕鬆搶到一條球道。放眼望去，球館裡大多是不死生物。

「這次的人類軍隊好像有很多傭兵哦。」

就在兩魔一邊打球一邊閒聊時，巴倫順口說出的這句話引起了智骨的重視，連忙追問詳情。

「司令部昨天下令讓不死軍團發動一次強力偵察，發現人界軍那邊有不少非正規軍，而兩邊配合得不是很好。我們雖然成功突破封鎖線，可惜對方援軍太多，很快就被打回來了。」

所謂的傭兵，就是沒有任何立場，專門爲錢打仗的戰士。魔界也有這樣的組織。

「正規軍與傭兵的比例呢？」

「據說是二比一——傭兵是多的那一邊。」

「什麼？太大膽了吧！」

智骨驚訝地張大嘴巴。

傭兵跟正規軍之間的關係，就像是客人與主人一樣。客人要是太過強勢，主人也會覺得頭痛。

按照常理，在僱用傭兵時，己方正規軍的數量與戰力最好維持在對方的兩倍以上。畢竟傭兵只對金錢有興趣，反過來被敵軍收買的可能性很高，要是正規軍壓制不住他們，問題可就大了。

至於正規軍與傭兵該如何區分，最簡單的方法就是靠裝備識別。除了某些例外，正規軍的裝備大多比傭兵來得精良。

魔界軍上次攻陷正義之怒要塞時，人界軍幾乎全是正規軍，這次卻出現了大量傭兵，其中的意義值得玩味。

對智骨來說，這是一個意外的好消息。傭兵數量一多，人員管制上很容易出現破綻，混進人界軍的難度自然也就降低了。

過了兩天，智骨帶著修改好的計畫書前往營區。他在經過副官辦公室時，想說順便探望克勞德他們，沒想到一進入辦公室，赫然見到一具木乃伊朝自己撲來！

「智骨啊啊啊啊啊啊啊——！」

智骨嚇一大跳，反射性想使用魔法阻止對方，可是木乃伊的動作實在太快，他手還沒舉起來就被撲倒。

「智骨！智骨！智骨！智骨啊！我知心的好友！我好想你！你終於回來了啊啊啊啊啊啊啊啊——！」

「住手！不，住口！好噁心啊！」

木乃伊把智骨撲倒在地，並且伸出舌頭拚命舔他的臉。智骨在掙扎的過程中，將木乃伊臉上的繃帶扒了下來。那是一張傷痕累累的醜臉，智骨的記憶中完全沒有關於這張臉的印象，但根據氣息，他還是認出了對方。

「金風？」

「是的，是我！你的摯友金風！與你一起發誓要同年同月同日死的妖狐金風！綽號是魔界第一美狐男的金風！」

「我才沒發過那種誓！還有那個綽號又是什麼時候冒出來的？」

「那不是重點！重點是你終於回來了，嗚嗚嗚嗚！」

金風就這樣趴在智骨的胸口痛哭流涕。由於在力量方面完全不是對手，智骨只能無奈地躺在地上，等金風發洩完畢。

「你根本想像不到，我們這幾天過得有多慘。」

金風冷靜下來後，一邊吸著鼻子，一邊泣訴他們的痛苦經歷。原來智骨不在的這幾天，黑穹心情似乎特別不好，動不動就揮掌亂拍，讓他們每天要斷上好幾根骨頭。

「爲了活下去，我現在治療藥水都用打的了。」

金風解開手臂繃帶，露出了密密麻麻的針孔。智骨看了不禁傻眼。

「治療藥水不是喝了就可以治癒傷口嗎？打血管會更有效？」

「不只更有效，還會多出一種奇妙的快感，對止痛很有幫助。我們正打算把這個發現提交上去，說不定可以得到獎勵……不對，這不是重點！重點是你什麼時候可以回來？」

「這個……」

看到金風期盼的表情，智骨實在不忍心告訴他實話。

「目前遇到一點技術上的問題，我還在思考該如何克服……」

「什麼問題？儘管說，我幫你解決！要是我一個不夠，還有瘋牛跟病馬！只要我們超獸副官戰隊同心協力，世上沒有我們解決不了的問題！」

金風拍著胸脯說道。這份心意雖然令人感動，但智骨很在意剛才聽見的某個奇怪名詞。

「給我等一下，超獸副官戰隊是什麼東西？」

「什麼戰隊？」

金風一臉困惑地反問。

「你剛才說的，副官戰隊。」

「副官戰隊？你吃錯藥啦？這麼低俗的名字虧你想得出來。對了，等一下要不要去射月者喝一杯？聽說那裡推出了新的蛋糕。」

「咦？射月者開始賣蛋糕了？」

「蛋糕店不賣蛋糕要賣什麼？」

「射月者不是酒館嗎？什麼時候變蛋糕店了？」

「你在胡說什麼啊，射月者一直是蛋糕店啊。」

智骨訝異地看著金風，後者的表情不像在開玩笑。看著眼前目光清澈有如山泉的妖狐，智骨的背脊突然掠過一陣寒意。

這傢伙打針打到腦袋出問題了！

「金風，振作一點啊！我很快就會回來，別再注射治療藥水了！」

「哈哈哈，幹嘛露出那種表情？太誇張了吧。對了，說到治療藥水，你要不要也來一針試試？我手邊剛好有哦。」

「住手啊啊啊啊啊啊——！」

智骨費了一番工夫，好不容易才從金風手中奪下針筒。因力量不如對方，所以他是趁金風準備打針時，從背後用魔法偷襲的；對方昏倒後，從他身上搜出了好幾支針筒。

看著昏倒在地的金風，智骨心中生起濃厚的同情與悲哀，並且暗暗祈禱這次的計畫書能讓黑穹滿意，不然他恐怕很快就要換一批同僚了。

「偽裝成傭兵混入敵軍？」

看完計畫書後，黑穹的表情似乎有了一點興趣。智骨見狀，連忙進一步解釋。

「是的。如此一來，您就可以光明正大地展現力量。強者不論到哪裡都會受到尊敬，只要您能得到一定的地位，收集情報也會更加容易。」

「聽起來還不錯……不過，有這麼容易就混進去嗎？」

「屬下將上次不死軍團偵察行動的影像記錄看了好幾遍，確定敵軍的傭兵構成相當複雜，戰場上出現的傭兵勢力有好幾個，甚至還有疑似獨行者的傭兵。屬下大膽推測，敵軍同時採用了聘僱與招募兩種制度。」

所謂聘僱，就是主動與特定傭兵組織接洽。至於招募，則是對外放出消息，吸引有興趣的傭兵前來應徵。

一般說來，前者才是僱用傭兵的主流做法，因爲這牽涉到信譽與實績方面的問題。相對地，後者就像是在賭運氣，甚至可能混入敵方間諜，所以除非無路可走，否則很少會用這種方法。

「呼嗯……的確是很大膽的推測……不過就算猜錯了也沒關係吧。」

「是的。只要僞裝成聽到傳聞才來的自由傭兵，就算敵軍沒有採用招募制，想來也不會爲難我們。」

「嗯，那就試試看吧。」

黑穹說晚一點就會把這份計畫書往上呈報，智骨聞言總算鬆了一口氣。離開軍團長辦公室後，他又折回副官辦公室一趟，想看看金風醒來了沒，結果卻見到非常糟糕的畫面。

「呼呼呼呼，所謂的天國也不過如此吧？魔神在上！新世界的大門敞開了啊！這就是極樂啊……！」

「啊——太棒了……不過，濃度再高一點如何？」

「可是治療藥水已經用光了，也沒錢再買新的……」

只見三個木乃伊正躲在辦公室的角落，一邊捧著空針筒，一邊竊竊私語。

「……你們在幹什麼？」

三個木乃伊猛然轉頭，他們在看到智骨之後先是愣了一下，接著同時撲了過去。

「智骨啊啊啊啊啊啊——！」

「我就知道你不會拋下我們，啡啡！」

「太好了！解脫了！終於解脫了！」

三個木乃伊把智骨撲倒在地，然後開始大聲訴苦。

他們正是智骨的同僚，牛頭人克勞德、夢魔菲利與多尾狐金風。三魔的臉孔滿是瘀青與傷痕，聲音也變得無比沙啞，智骨完全是依靠髮色才認得出誰是誰。最誇張的是，金風竟然已經忘記他剛才見過智骨的事情了！

「不准再注射治療藥水，否則我就申請轉調！」

智骨嚴肅地警告他們。克勞德等人一臉爲難地看著手中的空針筒，然後痛苦地點頭，彷彿捨棄了什麼重要的東西一樣。

「反正治療藥水也很貴，還是放棄吧。」

「可是向上面提交實驗報告的計畫……」

「沒辦法，經費不足啊。只靠我們三個的薪水，太勉強了。」

「直接把現有的資料提交上去，應該也能獲得獎勵吧？」

「這種程度的資料，獎勵恐怕不高，還不夠我們這陣子買治療藥水的錢。」

「算了吧，要是智骨眞的轉調，再多錢也只能用來買棺材。」

經過了一番嚴謹的討論後，克勞德等人終於達成共識，答應智骨不再注射藥水。

智骨鬆了一口氣之餘，也忍不住對魔界治療藥水心生敬畏。還好自己是骷髏，用不到那種可怕的東西，他心想。

隔天，智骨被告知計畫通過了。

雖然很高興自己的努力獲得認可，但根據黑穹的說法，要塞司令官雷歐似乎連看都沒看就直接蓋章，讓他的心情有點複雜。

無論如何，事情總算決定了，因此接下來的工作就是進行各種相關準備。

首先是召集成員。

在聽見要混進敵軍要塞當間諜，而且上司黑穹也要一起同行時，克勞德臉色蒼白地癱坐在地；菲利當場口吐白沫昏倒；金風用像是死掉一樣的眼神發呆。

「我原本不打算讓你們去的，但是黑穹大人堅持要在名單上加上你們的名字。」

爲了避免被遷怒，智骨連忙解釋事情始末。得知自己是因爲上次任務表現太好而獲得上司的青睞後，克勞德等人的表情又是得意又是痛苦。

「因爲太過優秀，所以必須負責更加艱難的任務……就這是所謂的能力越大，責任越大嗎？」

「因爲過於卓越的才能而招致不幸，世上還有比這個更悲哀的事情嗎？啡啡。」

「能力受到上級肯定，結局卻跟受懲罰沒兩樣。這個世界對於能力優異的魔族眞是無情啊。」

克勞德等人一邊仰天悲嘆，一邊接受了自己太過出色的事實。看著同僚們在那邊自憐自艾的模樣，智骨非常努力地壓下了想痛扁他們的衝動。

其次要準備的，是裝備。

根據計畫，智骨等人要僞裝成「很厲害的自由傭兵」，因此需要準備與人物設定相符的優秀裝備。

這不只是門面功夫，跟弱者比起來，強者必然有更多的金錢與實力武裝自己，因此雇主往往會以裝備的好壞來判斷傭兵的強弱，這點在魔界也是一樣。不過魔界有很多不需要裝備，或者沒辦法使用裝備的種族，所以這部分的衡量權重不是那麼高。

正義之怒要塞的倉庫裡有許多人類留下的器具，剔除軍隊制式裝備、外形太過搶眼的稀奇裝備、限定血統或種族才能使用的特殊裝備之後，智骨好不容易才挑出一些符合條件的物品，然後邀請上司與同僚過來試裝。

黑穹的人物設定是劍士，所以智骨準備了輕甲與雙手巨劍。

雙手巨劍雖然沉重，但黑穹單手就能輕鬆揮舞。她不需任何花哨的技巧，只要靠著一身怪力隨便亂砍就能所向披靡。黑穹不懂劍術，選擇重武器正好可以掩飾這個破綻。

「照你的說法，我覺得用那個的效果會更好耶。」

克勞德的目光飄向倉庫角落，那裡擺著一支比巨型雙手劍大上將近一倍的金屬巨鎚。黑穹點了點頭，似乎也很中意。智骨立刻否定了克勞德的建議。

「那個的殺傷力是很夠啦，可是人類雌性戰士好像不喜歡這種武器。」

「爲什麼？明明看起來很好用啊。」

「似乎是因爲用起來不夠美觀。」

「不夠美觀？」

黑穹等人一臉不可思議。

「根據資料，人類雌性戰士在戰鬥時會盡量保持美麗的姿態，爲此特地開發出許多獨特的戰鬥技巧。」

智骨拿出從圖書館找到的《夢幻美少女戰記設定集》，然後翻到「動作分鏡解析圖」那一頁，攤開給大家觀看。

「眞的耶……」

「可是之前跟人類軍隊戰鬥的時候，沒有這種感覺呀？」

「因爲對方是正規軍的關係吧。軍隊追求的是標準化，無論雄性或雌性都必須使用一樣的戰鬥技巧，否則會衍生出許多問題。但是傭兵就沒有這方面的顧慮，無論裝備或技術都更加自由。」

「原來如此……可是，這些雌性人類爲什麼穿得這麼少？這種防具穿了跟沒穿一樣嘛。」

「笨，防具上面肯定附加了魔法，而且穿得少也比較方便活動。」

眾人圍著書本認眞討論。書上的女主角穿著僅能夠遮住胸部與臀部的防具，但想來這套裝備絕對沒有那麼簡單。

「我也要穿成這樣嗎？」

黑穹困惑地看向智骨。

「不，很遺憾，屬下翻遍倉庫，並沒有發現這一類的防具，所以選擇了看起來最接近的輕甲。如果您希望的話，屬下可以改造外形，然後請魔道軍團進行附魔處理。」

「嗯……」

黑穹翻著設定集，然後搖了搖頭。

「算了，書裡面也有穿得比較多的雌性人類，這樣就好。」

黑穹的裝備就這樣決定了。其他人的武器則沿用了之前的設定，克勞德是戰斧，金風是長劍，菲利是拳套，智骨是法杖。防具全都選擇了易於行動的類型，克勞德雖然對一套長滿尖刺的重鎧甲有興趣，但由於走路時會發出叮叮噹噹的聲音，吵得要死，所以忍痛捨棄了。

決定裝備之後，接著是技能。

黑穹等人無所謂，但智骨可不能亂用魔法。

魔界與人界的魔法原理其實差不多，都是以使役元素為主，只在細節有些許不同，一般人很難看出差異，但要是在人界魔法師面前使用，一下子就會被識破身分。

雖然要塞倉庫囤積了大量魔法道具，但只用道具也會惹人懷疑，因此智骨必須學會人界的魔法，哪怕只有一種也好。為此，智骨特地前往魔道軍團請教愛麗莎。

愛麗莎是桑迪的副官，種族是魅魔。

眾所皆知，魅魔是以性感妖艷爲賣點，對異性——某些情況下甚至可以對同性——具有強大吸引力的種族。正因如此，大部分的魅魔都有下列特點：不論何時都要保持臉蛋的完美無瑕、穿著打扮絕對不能隨便、每個動作皆要滿滿魅力。

然而以上這些特點，在愛麗莎身上完全找不到。

她神色憔悴，臉上有黑眼圈，頭髮乾枯散亂，皮膚鬆弛有細紋，總是緊抿嘴角。老是穿著縐巴巴的軍服，就算露出線頭也不剪掉，靴子又髒又舊。說話時很沒精神，平時一直彎腰駝背、肩膀下垂，活像上了年紀的老魔族。凡是對魅魔抱持憧憬的人，只要一見到愛麗莎，美夢肯定幻滅。

據說愛麗莎原本也是一位符合大眾印象的女魅魔，但自從當上桑迪大人的副官後，因工作量太重，以致於根本沒有時間化妝打扮，久而久之就變成現在這副模樣了。

雖然外表慘不忍睹，但愛麗莎的魔法造詣頗高，而且也會使用人界的魔法，是最合適的請教對象。

「想學人界的魔法？爲什麼？」

「因爲接下了麻煩的任務，詳情必須保密。在我認識的魔族裡，最懂魔法的就是妳了。」

這是謊話。魔法實力最強的魔族肯定是桑迪，但智骨當然不可能去請教他。

「這個……我是很想幫你啦，可是我還有很多工作要處理……」

「有我幫得上忙的地方嗎？」

「那就麻煩你了！」

愛麗莎雙眼放光，同時不知從哪裡抽出了一大疊文件，啪的一聲放到智骨手上。

「這些是上個月的會計帳目與裝備損耗統計，全是單純的計算工作，麻煩你幫我檢查。」

「……」

「還有這個，比較三個月的軍團物資消耗，然後畫成圖表。」

「…………」

「最後是這個，特別津貼申請表，大約兩百人份，幫我檢查有沒有虛報內容。」

「……………」

看著手中那堆已經疊到胸口的大量文件，智骨感覺自己似乎跳入了某個大坑。

智骨花了一整天的時間才把那堆文件處理好，愛麗莎對於他的工作效率給予高度肯定，但智骨一點都不覺得高興。

隔天，愛麗莎遵守約定，對智骨進行指導。

「老實說吧，除非你擁有像桑迪大人那樣的實力，否則不可能在短時間內學會人界的魔法。」

課程一開始，愛麗莎就直接給出了令人沮喪的結論。

「不過如果只看外表，倒是有幾種魔法可以矇混過去。」

「只看外表？」

「就是魔法的效果。比如說，魔界的火焰術會發出帶有黑光的火焰，人界的火焰術則沒有。只要想辦法把黑光給除掉，兩種火焰術看起來就會很像。」

「把暗元素改為光元素？這不就是人界魔法的特徵嗎？我就是不會才要請教妳啊。」

魔法的原理，在於如何掌握地水火風光暗六大元素。

用魔力駕馭六大元素，進而製造出違反常理的超自然現象，這就是魔法的基本原理，無論人界或魔界法術都是如此。

舉例來說，如果用魔法造出一顆火球，這顆火球絕對不會只有火元素，而是六大元素全部存在，差別只在比例高低。單一元素無法形成任何事物，此乃魔法的鐵則。

元素比例會影響能量結構的穩定性，要是隨便更改魔法的元素配重，輕則施法失敗，魔力反噬自身；重則引發元素衝突，把施法者給炸掉。

此外，不是只要知道元素配重比例就能學會某個法術，還必須考慮到施法者本身的元素配重。這是因爲施法者本身也屬於森羅萬象的一部分，同樣擁有六大元素。每個生物的元素配重比例都是獨一無二的，不可能完全相同。

施法者的元素屬性傾向會跟魔法的元素產生共鳴，使得魔法的元素配重比例出現浮動，同時影響到個別元素的掌控難度。例如智骨的元素屬性傾向是暗與地，所以容易與這兩種元素共鳴，在使用暗系與地系以外的法術時，必須壓低暗元素與地元素的配重比例，否則會因爲這兩個元素太過活躍導致法術失敗。

魔界的暗元素非常濃厚，因此大部分魔法都含有高度的暗元素，具體的表現是魔法之中帶有黑光。而人界剛好相反，每種魔法的光元素都很強，施展起來頗爲炫目。

色。

要去掉魔法內含的黑光，就必須減少暗元素、增加光元素，而這正是人界魔法的特色。

「不用去掉暗元素，只要讓魔法不發出黑光就行了。」

「怎麼做？」

「加上閃光術。」

愛麗莎直接示範了一次。她吟唱咒文，掌心出現一團火球。火球不但沒有斑點狀的黑光，反而光芒四射、十分耀眼。

「超速詠唱？只用一秒？」

見對方這麼短的時間內就詠唱出火球術與閃光術兩種咒文，智骨訝異地張大嘴巴。眾所皆知，魔法師最大的弱點就在於詠唱咒文時的空檔，爲了彌補這個弱點，魔法師們開發了許多技巧，超速詠唱就是其中之一，而且還是最高級的那種。人界也有類似的技巧，名爲「極限詠唱」。

「不，我只是用了這個而已。」

愛麗莎抬起左手晃了晃，她的手腕上有個暗銀色手環。

「附加了閃光術的魔法手環，用魔力就可以發動。」

「哦哦，原來如此！」

智骨恍然大悟。只要用閃光術包覆火球，火球看起來就跟含有濃郁光元素一樣了。

附帶一提，魔界很少有魔法師學習閃光術，這是因爲魔界光元素稀少，凝聚起來很花時間。

「竟然有這麼好用的道具，我以前都不知道。」

「這是桑迪大人新開發的產品。前兩天突然拿來，要我測試一下效果。我把它借給你，租金就用心得報告來代替吧。」

智骨臉色複雜地接過手環。他懷疑桑迪早已預測到自己的行動，才會特地造出這枚閃光手環，否則也未免太過巧合。至於爲什麼不直接交給他，而是繞了這麼一大圈，只能說這正是桑迪的風格。

也就是在這時候，智骨發現自己中了愛麗莎的計謀。明明她只要把手環交給智骨就好了，卻還用教導魔法的名義誆騙他協助處理文件。不愧是桑迪的副官，果然夠黑心，智骨心想。

「跟上司學壞了啊……」

「咦？什麼？」

「不，只是覺得就這樣結束好像也挺那個的。妳會閃光術嗎？我想順便學一下，以防手環突然出問題。」

愛麗莎立刻露出「欸？好麻煩！」的表情，智骨知道自己猜對了，眼前的混帳魅魔果然打算詐欺自己的勞力。

「那個……可以是可以啦，不過這還挺難的喲。因爲魔界法術不太愛用光元素，所以第一次接觸人界法術的魔族會很不習慣。再加上你是不死生物，對光元素的親和力很弱，學起來會更困難……」

愛麗莎一臉爲難地說明學習閃光術是多麼麻煩又辛苦的事，不斷暗示智骨放棄這無聊的主意，然而智骨十分堅持，於是她只能無奈地拿出記事本，當場寫下咒文與術式。

接著智骨開始按照紙上的內容施法，愛麗莎則是在旁邊不斷嘮叨。

「雖然閃光術不是什麼高級魔法，可因爲是不同系統，初學者光是要成功構築術式大概就要花上好幾天，熟悉光元素的運用又要好幾天，我當初也是花了一個月才學會……」

智骨詠唱完咒文，成功放出了閃光術。

「……」

「……」

兩人互相對望，只是雙方眼神中蘊含的感情截然不同。智骨的眼神充滿疑惑，愛麗莎的眼神則是充滿欣慰。

「嗯，不愧是天才，我已經沒什麼可以教你的了。」

「騙子！把我昨天的時間還給我啊啊啊啊啊啊啊！」

雖然歷經波折，但任務的行前準備總算是順利完成了。

這次的間諜任務代號依舊是「開拓」，跟智骨上次進行祕密任務時的代號一模一樣。司令部對此的解釋是「因爲這個任務的確具有開拓性的意義，再也想不到比它更適合的代號了！」，但根據小道消息，其實只是司令部懶得多想而已。

出發當日的凌晨三點，開拓小隊集結於超獸軍團的露天訓練場中央。此時的他們已經換上任務用的裝備，但因爲起得太早，半數以上的成員都露出睡眼惺忪的臉孔，一點也不像是即將要執行祕密任務的軍隊菁英。

「爲什麼要這麼早集合？哈啊——」

克勞德說完打了一個大大的哈欠。

「因爲是祕密任務嘛。哈啊——」

金風說完打了一個大大的哈欠。

「可是上次明明吃完午飯才出發。哈啊——」

菲利說完打了一個大大的哈欠。

「別再打哈欠了，不然我也會想打。哈啊——」

黑穹說完打了一個大大的哈欠。

看著昏昏欲睡的上司與同僚，智骨心中充滿了不安。這樣真的沒問題嗎？明明要潛入敵陣，爲什麼這些傢伙一點緊張感都沒有？還是說有問題的其實是自己？

「啊……時間差不多了。該走了。」

黑穹揉著眼睛說道，智骨等人連忙轉頭狂奔，一口氣退開了數百公尺。

黑穹深吸一口氣，下一秒，周身捲起了狂風。

在有如龍捲風一般的風柱之中，少女的身影猛然膨脹，迅速化爲龍形。

充滿力量感的巨大身軀、尖銳猙獰的犄角、彷彿黑曜石般閃閃發光的鱗片，強悍又優雅的身姿足以令每個魔族見了爲之讚歎。就連克勞德等人也忍不住倒吸一口氣，或許是因爲有好一陣子沒看到黑穹原形的關係，視覺上的衝擊性更勝以往。

「上來。」

黑穹把尾巴移到眾人面前。眾人沿著尾巴爬上黑穹的背部，然後用勾子與繩索牢牢固定住身體。

「要走囉，抓好了。」

說完，黑穹便啪的一聲展開雙翼，然後衝向夜空。智骨一邊忍受劇烈的風壓，一邊以眼角餘光望著下方。只見正義之怒要塞變得越來越小，最後徹底消失。接著黑穹停止爬升，筆直地朝人類要塞的方向飛去。

這就是計畫的第一步——從高空穿過人界軍的防線。

人界軍在空中同樣部署了巡邏隊，偵察高度大約一萬公尺上下。這也是一般飛行生物——無論魔界或人界——的極限高度。稀薄的空氣與低溫構築了看不見的天花板，壓制了企圖征服天空的傲慢之輩。

利用魔法道具，這道天花板可以拉升到一萬兩千公尺，至於偵察視界，則最多可以達到一萬五千公尺。

然而，黑穹並非「一般飛行生物」。一萬公尺的天花板，對她來說完全不是問題。

黑穹此時的飛行高度——將近兩萬公尺。

高空溫度極低，智骨等人的衣服滿是冰碴。身為不死生物，智骨對冷熱沒什麼感覺，但其他人可不一樣。只見克勞德、金風與菲利臉色鐵青，表情扭曲，死死咬緊牙根，原本帥氣的外表早已徹底崩壞。

飛行時，智骨再次思考了一遍他們的計畫。

首先是從高空穿過人界軍防線，然後偽裝成傭兵混入要塞。人界軍的注意力全都放在前線，應該不會想到魔界軍間諜竟然來自後方，但要是對方的審核制度比想像中嚴格，有可能第一步就失敗。

老實說，智骨現在反而希望他們混不進要塞。畢竟這次的隊友實在太過糟糕，令他心中充滿不安。

智骨暗暗向魔神祈禱，希望願望可以成眞。

九色星辰懸浮於黑暗之中，無聲地以意志彼此交流。

「關於引火計畫，各位打算怎麼辦？」

黃色星辰開口了，但其他星辰沒有立刻接話。

並非因爲無法可想，而是可供選擇的備用方案太多了。引火計畫乃是九色星辰精心策劃的大型作戰的第一步，同時也是最重要的一步，爲了防備意外，早已準備了許多替代方案。

「……眞理之核的建議呢？」

「第三方案，計畫成功率百分之七十二。」

「只有七十二？太低了吧。」

「第三方案的優點是安全，無論成功與否，都不會暴露我們的存在。」

「我覺得還是選擇成功率更高的方案，冒點風險也無妨。」

「像上次一樣？犧牲了大量火種，結果什麼也沒得到。」

「那是執行者的問題。只要找對人選，就能避免那種毫無意義的結果。」

「我附議。畢竟意外無所不在，執行者的應變能力才是關鍵。」

「我不贊成，隱藏我等的存在是最重要的前提。」

比起語言，意志交流能夠承載更多情報，短短數秒，九色星辰便各自發表自己的觀點，並且產生意見上的分歧。一派追求引火計畫的成功率，希望能一次點燃戰爭之炎；另一派則是把隱藏自身置於一切之上，不希望隨便暴露蹤跡。討論的結果，後者暫居上風。

不能怪他們保守，而是組織性質使然。

祕密結社．眞理庭園。

將追求眞理作爲唯一目標，不斷進行各種禁忌的研究與實驗，甚至不惜引發戰爭。在一般人眼裡，這個組織根本就是恐怖分子的大本營。眞理庭園的存在一旦曝光，勢必會引來人界諸國的圍剿吧。

「你們太消極了，再這樣下去，就算有再好的機會也沒辦法把握。我不覺得我們的實力會輸給任何組織，做法可以更大膽一點。」

綠色星辰不滿地說道。他是九色星辰的激進派，一直對眞理庭園的作風感到不滿。

「別太自大了，五。」

「只是實話實說而已。國立魔法學院、火焰聖殿、聖樹之心、武神塔、命運之環，哪一個是我們的對手？只要我們認眞起來，消滅他們輕而易舉。」

綠色星辰所說的那些名字，無一不是人界諸國的頂尖勢力。國立魔法學院是人類之國．神聖黎明的學術重鎭，爲國家培育了大量魔法人才；火焰聖殿是矮人之國．火圖的宗教聖地，裡面的十三主祭沒有一位魔法等級低於十二級；聖樹之心是精靈之國．世界樹的核心支柱，那些精靈長老個個實力驚人；武神塔是獸人之國．卡蘇曼的祕境，唯有通過武神塔試練的獸人，才能被冠上強者之名；命運之環是侏儒之國．巴爾哈洛巴列哈斯的特殊組織，不同於侏儒那講究現實的風俗，講求敬畏與崇拜神祕。

這些組織都有十四級，甚至是十五級的魔法師坐鎭，但數目有限。相較之下，九色星辰中足足有三名十四級魔法師，也難怪綠色星辰會如此自信。

「愚蠢。戰爭可不是簡單的加減法，要是真的開戰，我們沒有勝算。」

紅色星辰語氣冰冷地反駁。

眞理庭園奉行菁英與祕密主義，雖然高端戰力充足，但中堅與基層數量過少，能動用的資源也相對有限，要是與那些頂尖勢力發生衝突，就算可以獲得短時間的優勢，最後還是會因爲後勁不足而失敗。

綠色星辰沒有繼續堅持己見，於是話題很快轉回了原點。

「那麼，就決定採用第三方案了。」

「派誰執行？上次那樣的醜態，絕對不能再出現。」

「……四十九如何？他最近晉升的速度很快，顯然頗有才幹。」

「我推薦七十七，雖然排名靠後，但行事沉穩，與第三方案的性質相符。」

「五十三吧，他就在要塞裡面，做起事來比較方便。」

「二十五，他的能力絕對足以勝任。」

九色星辰紛紛推薦他們中意的人選，雖然用代號指稱，但他們早已將組織每一位成員——不包括九色星辰——的個人資料牢記在心，完全不會因此而困擾。

眞理庭園內部也有派系，若是舉薦的人選順利完成任務，就能壯大自己的派系，藉此獲得更多權力與資源。雖然是抱有私心的推薦，但因爲眞理庭園的成員確實優秀，因此對任務影響不大。

經過一番涉及利益交換的討論後，九色星辰決定把這項任務交付給五十三。

「對了，第三方案的目標有兩個可選吧？要選哪個？」

「交給執行者判斷。比起我們，第一線的工作人員更清楚狀況。」

「矮人與人類……我是建議對人類下手啦。」

「我倒是覺得對矮人下手更好。」

「……你是在試探什麼嗎？七。」

「好了，無聊的勾心鬥角就此爲止。我很忙，沒空陪你們玩這種遊戲。」

「附議。沒事的話，我要走了。」

「附議。」

「附議。」

「附議。」

就這樣，九色星辰的討論畫下句點。

光芒逐一消散，空間重新陷入永寂般的漆黑。

02 閃耀的新星

「傭兵？來應徵的？剛好，我們這裡很缺人。身分證明？哎，那種東西無所謂，反正你們來自後方。」

復仇之劍要塞的守門士兵一聽到對方是從大後方前來參戰的傭兵，立刻熱情地敞開大門，連檢查身分這種基本工作都省略了。顯然智骨並未得到魔神的眷顧，願望破滅得非常徹底，一點挽回的餘地都沒有。

與沮喪的智骨相反，其他人的心情非常愉快。

「我們已經成功混進來了，接下來要做什麼？」

黑穹問道。智骨很快重整心情，然後回答：

「須要先確保據點。」

「就是先找一個可以吃飯睡覺的地方嗎？再之後呢？」

「吃飯睡覺。」

「啥？」

「大人，我們現在是人類傭兵，要像傭兵一樣地行動。現在是黃昏，而我們是『已經走了一整天的人類傭兵』，先找個地方吃飯睡覺才正常。從進入要塞開始，我們的一切行動都要跟人類傭兵一樣，絕不能露出任何惹人懷疑的地方。」

細節決定成敗，尤其是諜報這種高風險工作。為求逼真，智骨要求黑穹在要塞後方五十公里處降落，然後一路步行過來，此時的眾人滿身塵土，看起來就像是經過長途跋涉的旅人。

「這樣啊，也好，反正我也有點餓了。喂，你們幾個，記得張大眼睛，拉直耳朵，好好收集情報。」

「「「是的！」」」

克勞德、金風與菲利立刻站直身體，大聲回答，引起了幾個路人的注目。智骨雙手捂臉，這群同伴根本沒把他的話聽進去。

就這樣，眾人開始尋找旅店。

復仇之劍並非單純的軍事要塞，有大量平民在街上走動，而且到處都可以看到正在進行土木工程的工人身影，身穿軍服的軍人反而寥寥無幾。

復仇之劍跟正義之怒一樣，是以自給自足爲目的而設計的軍事要塞，因此擁有大量的非戰鬥人員與生活設施，會出現旅店也是理所當然的事。

「金風，去問問哪裡可以找到旅店。」

黑穹對金風說道，後者訝異地指了指自己。

「咦？我、我嗎？」

「你不是老說自己擅長交涉嗎？」

接到命令的金風搔了搔頭，接著四處張望，尋找合適的交涉目標。很快地，他就朝著某人走了過去，那是一個穿著打扮同樣很像傭兵的男子。

「……沒問題吧？」

看著金風離去的背影，智骨有些擔心地問道。

「放心。那傢伙做什麼事都不可靠，唯有打聽消息這點最擅長。」

「雖然不知道原理，但在對象是雌性生物的時候，成功率會更高啡。」

克勞德與菲利信心滿滿地回答。聽到他們的回覆，智骨變得更擔心了。

於是就在四人的注視下，金風與傭兵男子開始攀談，接著傭兵男子勃然大怒，一拳打向金風，金風輕鬆閃避並且做出反擊，一腳把傭兵男子踢飛。

只用了五秒，交涉工作便宣告失敗。眾人無言地看著走回來的金風，不知該說什麼才好。

「……怎麼回事？」

「我也不知道。那傢伙突然生氣，說我瞧不起他，然後就揍過來了。」

面對黑穹的詢問，金風一臉無辜地回答。

「你到底跟他說了什麼？」

「我說：『嘿，這位鬍子看起來很性感的俏臀帥哥，有點事想請教一下。』」

眾人面面相覷，場面頓時沉默下來。

「……好像沒什麼問題？」黑穹說道。

「應該是沒問題吧？」克勞德說道。

「有什麼問題嗎？」菲利說道。

「那是什麼問題？」金風說道。

接著四人看向智骨，希望從這支隊伍裡最了解人類的不死生物口中得到答案。智骨先是沉思數秒，然後緩緩點頭。

「確實……金風的話，是有問題的。」

「什麼問題？我說錯什麼了嗎？讚美對方的優點，不是可以提升對方的好感嗎？難道人界不流行這一套？」

「正是如此。人界有五個國家，每個國家的禮儀都不一樣。」

智骨一邊在腦中回想從圖書館獲取到的知識，一邊信心十足地向眾人解釋。

人界的國家是以單一種族爲主體，隨著時間過去，彼此間的文化必定會出現差異。人類之國的禮節在精靈之國可能會被視爲挑釁，矮人之國的禮節在獸人之國可能會被當成笑料，類似的事情屢見不鮮。

至於魔界的情況則剛好相反，因爲是多種族融合的國家，所以禮節的表達方式雖然會因爲地域因素而有所變化，但總體而言不至於偏差太多。

「可能你的讚美有哪裡刺中了對方的痛點，以爲你在羞辱他吧。」

聽完智骨的解釋，眾人恍然大悟。金風用力咂舌，懊惱地搔了搔頭。

「五個國家，五種風俗禮儀，所以要學習至少五套交涉方式？這也太麻煩了吧！」

「不准抱怨。限你三天內掌握它們，這是命令。」

「是！」

黑穹一臉不悅地說道，金風連忙站直身體大聲回答。其他三人則是開始反省剛才的失誤。

「……話說回來，剛才的誇獎到底哪裡有問題啡？鬍子？俏臀？還是帥哥？」

「我覺得是鬍子。雖然我沒有，不過那個人的鬍子看起來確實不怎麼樣。你覺得呢，智骨？」

「唔……我覺得應該是帥哥。按照人界的審美觀，那個人的長相並不帥。誇他帥哥，他可能覺得是在諷刺他。」

「會嗎？我覺得他長得跟我們差不多啊啡。」

「我也覺得每隻夢魔都長得差不多。對了，那個『人界的審美觀』又是什麼？」

「我自己做的統計表。從圖書館裡，找出具有『外表出色』這項標誌的泛人形生物圖片，然後整理出共同點。」

「哇啊——！那可是大工程啊，那座圖書館裡的書很多耶。」

「不，其實也還好，因爲裡面已經有類似的書籍。例如《美少年臥室潛入特集》、《究極美少女大圖鑑》、《熱風！烈風！男子漢之魂！》等等，花不了多少時間。」

「原來如此……不過前兩本光聽書名就知道內容，最後那本又是啥玩意兒？」

「一堆沒穿衣服的肌肉男的圖片。」

「人界的怪書眞多，啡啡。」

「找到了！在這裡！」

就在這時，一道粗暴的聲音打斷了智骨等人的討論。他們轉頭一看，發現出聲者就是先前被金風踢飛的那名男子。此時對方身後跟著一大群人，而且全都手持武器。

這畫面任誰看了都能理解——對方來報仇了！

「黑穹大人，請問該怎麼辦？」

雖然知道答案是什麼，但智骨還是轉頭詢問上司。

「那還用說？」

黑髮美少女露出美麗的微笑，然後大力揮手。

「揍扁他們！」

在雇主眼中，傭兵是一把雙刃劍。

傭兵為錢而戰鬥，沒有為雇主效死的義務，因此在戰況不利時，傭兵往往最先崩潰逃跑。他們也容易被收買，只要對方出得起更高的價錢，就會很乾脆地陣前倒戈。有時我方明明打贏了，傭兵卻為了搶奪戰利品反過來攻擊雇主。

雖然不是沒有講求信譽的傭兵，但那畢竟是少數。當然，那樣的傭兵很受歡迎，僱用價格自然也很高。

正因傭兵無法信賴，因此一般而言，雇主會把傭兵集中在一起嚴加看管，以免他們惹麻煩。

然而復仇之劍要塞的情況不一樣。

敵人是魔界軍，不用擔心反叛方面的問題，再加上己方兵力不足，需要大量傭兵填補戰力缺口，因此復仇之劍要塞給予傭兵較大的自由。傭兵可以決定要入住復仇之劍要塞提供的軍事駐地，或是投宿旅店。前者免費，但是得接受管制，後者則相反。

這項政策一推出，立刻受到旅店老闆與傭兵們的好評，治安維持部隊則是在私底下不斷咒罵上級，幹嘛沒事給他們增加工作量。

以上這些情報，來自於那群跑來找麻煩，結果慘遭全滅的傭兵。黑穹沒有殺死他們，只是將其打量，並且留下一個人拷問情報。那名倖存者也非常配合，一臉諂媚地說了許多消息，甚至還推薦了幾間評價不錯的旅店。最後黑穹選擇了一間名爲「擁抱勝利的黃金酒杯」的旅店，理由是名字聽起來很有趣。

由於房間數目不夠，所以最後只訂了三間房，黑穹一間，智骨與克勞德一間，金風與菲利一間。確保據點後，太陽也快下山了，眾人原本想再出去繞繞，但被旅店員工勸阻了，原因是要塞一到晚上七點就實施宵禁，任何人都不准上街。

「嗯，畢竟是前線，會採取這種做法也可以理解啦。」克勞德說道。

「說起來，爲什麼我們不這麼做呢啡？」菲利說道。

「應該是有就算不宵禁，也能應付突發狀況的自信吧。」金風說道。

「不是因爲目前沒有打仗的關係嗎？」智骨說道。

四人不約而同地將目光投向黑穹，希望上司能幫忙解惑。

「因爲那樣就不好玩了啊。」

黑穹一臉理所當然地回答。四人恍然大悟，認同地點了點頭。

在不熟悉情況的時候，最好不要做出輕率的舉動，因此黑穹放棄了外出的想法，畢竟他們可是間諜，低調行事是很重要的。太過引人注目，只會增加任務難度而已。

然而很快地，黑穹的想法被現實擊碎了。

在旅店大廳吃晚餐時，黑穹一行人察覺到有大量目光投向他們這一桌，彷彿看見了什麼稀奇的東西一樣。

「……怎麼回事？我們暴露了嗎？」黑穹皺眉問道。

「屬下覺得不是，否則他們早就拔劍砍過來了。」智骨說道。

「不過他們的眼神很奇怪，感覺混雜著善意與惡意啡。」菲利說道。

「我知道，那是憧憬與嫉妒的眼神。我跟漂亮女孩約會的時候，都會收到類似的眼神。」金風說道。

「原來如此，是因爲黑穹大人的美貌啊。謎底解開了！」克勞德說道。

智骨等人斜眼看著克勞德，打從心底鄙視這隻牛頭人。竟然趁機奉承上司，眞是太不要臉了！

「不愧是黑穹大人，就連人類也無法抵擋您的魅力。」

「這也是沒辦法的事，畢竟黑穹大人的美貌天下無雙嘛。」

「這下想低調也沒辦法了呢，沒想到大人的絕世容姿竟然會變成任務的阻礙。」

只見智骨等人紛紛仿效同僚，大肆誇獎上司。黑穹微微抬起下巴，嘴角上揚，一臉心情很好地阻止了他們，並且表示今後出門她會把臉遮起來，免得又引發現在這種狀況。

……雖然拍馬屁的成分居多，但智骨等人的推斷的確命中了事實。他們之所以引人矚目，正是因爲容貌水準過高之故。

容貌端正的傭兵或冒險者原本就是少數，而他們這一桌扣除掉某個不死生物，其他人全是難得一見的俊男美女，因此格外顯目。

「……這麼說來，那個恐怕也快來了。」

就在這時，智骨像是突然想到什麼，低聲自言自語了起來。

「什麼那個？」

聲音雖輕，但坐在旁邊的菲利還是聽見了，於是反問道。

「聽說人界的傭兵或冒險者一看到長相漂亮的同行，就會跑去找麻煩。如果是眞的，恐怕等一下就會有人過來挑釁了。」

智骨說出從圖書館冒險小說裡得到的知識，其他人聽了立刻發出「囉哦」的聲音，一副躍躍欲試的表情。

「喂，以前好像沒看過你們，新來的嗎？」

彷彿在呼應智骨的話，一名男子端著酒杯走向他們。男子體型魁梧，臉上有許多傷疤，一看就知道是不好惹的角色。

一見到疤臉男子，其他桌的客人紛紛低聲交談。

「嘖，是『烈刀』沙克，又在裝好人了。」

「老是免費指導新人，那傢伙未免太愛管閒事了。」

「噓，小聲一點。看到後面那幾桌沒有？全是他的同夥。」

「可惜，本來想找那個女的玩玩的說。」

「放棄吧，這間旅店沒人打得贏沙克。」

「那些傢伙運氣眞好，要是住其他旅店，早就被狠狠教訓了。」

客人們用混雜忌憚與惋惜之情的眼神看著疤臉男子。

「烈刀」沙克。

在復仇之劍要塞的傭兵裡，此人算是特異人物。

身手優秀，個性豪爽，遇到有困難的人會施予援手，遇到不義之事會挺身阻止，是一個除了長相恐怖，幾乎沒有任何缺點的男人。有許多傭兵被沙克的人格魅力吸引，自願成為他的同伴。

智骨等人明顯剛來復仇之劍要塞不久，旅店大廳裡原本有些人想戲弄他們，一見沙克出聲，立刻打消了主意。

但是——

「原來如此，立刻就來了嗎？智骨，你說的果然沒錯。」

「咦？」

沙克面露疑惑，不知眼前的黑髮美少女究竟在說什麼。下一秒，一股巨大的力量在他胸前炸開，令他整個人如同炮彈般倒飛出去！

沙克撞翻了好幾張桌子，等到撞上牆壁後，才翻著白眼昏死過去。旅店大廳瞬間變得一片死寂，所有人全都錯愕地看著這一幕。

「來吧，雜魚們，我來陪你們玩玩。」

黑穹對著大廳裡的所有人勾了勾手指。

這句話就像是一道喚回意識的鐘聲，沙克的同伴們立刻站了起來，憤怒地撲向黑穹。至於其他傭兵也沒有閒著，有些是因爲被諷刺爲雜魚，有些是單純想鬧事，有些是打算趁機清算舊怨……基於各式各樣的理由，他們同樣加入了戰局。

就這樣，「擁抱勝利的黃金酒杯」迎來一場華麗的大亂鬥。

間諜的原則應該是低調行事，但才第一天就打了兩場，這樣下去眞的沒問題嗎？智骨一邊在心中哀嘆前途多難，一邊挽起袖子加入幹架的行列。

💀💀💀

陽光從窗簾的縫隙透入房間，昭示此時已是白天。

智骨從床上爬起來，然後拉開窗簾，讓自己沐浴在清晨的陽光之下。或許是因爲非常舒服的關係，他閉起雙眼，一臉享受的表情。

不知爲何，人類世界流傳著「不死生物畏懼陽光」的說法。

智骨不知道這種謠言究竟是怎麼來的，但這擺明了就是在小看不死生物，甚至是小看魔界——魔界也是有太陽的，而且還是三個。

據說當初人界軍看到不死軍團在大白天也能行動時，看起來非常震驚，顯然也是因爲聽信了這個謠言，士氣甚至因此低沉了好一陣子。

智骨把同房的克勞德叫醒，接著去敲其他人的房門。大約二十分鐘後，眾人全部起床，一起前往旅店大廳吃早餐。大廳意外地空曠，智骨等人坐下後，旅店女侍便帶著畏懼的笑容走過來，詢問他們想吃什麼。

「對了，這裡的人都起得很早，或是睡很晚嗎？」

點完餐後，智骨隨口問道。旅店大廳除了他們外沒有其他人，令他感到有點奇怪。

「不、這個……」

明明不是什麼困難的問題，女侍卻一臉爲難的表情，這下連黑穹等人也開始覺得好奇了。難道這座要塞有什麼特殊的習慣嗎？這可是重要情報！

看對方欲言又止的樣子，智骨靈光一閃，從口袋裡取出一枚金幣。

「說出來，這個就是——」

「其他客人昨晚就搬出去了！」

智骨話還沒說完，女侍便搶先答道。

昨天晚上的大亂鬥，結局自然是智骨等人把其他人統統打趴。由於畏懼他們的實力與凶性，客人們紛紛退房，跑去投宿其他旅店。如今「擁抱勝利的黃金酒杯」的客人就只剩下智骨他們，老闆昨晚還因此失眠。

「原來如此，是這樣啊。」

智骨一行人點了點頭，完全沒有肇事者的自覺。

點完餐後，智骨抱著姑且一試的心情，又拿出一枚金幣從女侍口中套取要塞情報。原以為對方身在前線，應該會懷有相當程度的保密意識，沒想到過程意外地順利。

「您問什麼我就回答什麼！就算答不出來，我也會拚命去挖出答案的，所以要是我有說得不夠清楚的地方，還請您等候一天……不，半天就好！我會將不足的部分努力補齊。可以嗎？就這麼說定了哦！不要去找別人哦！約好了哦！」

女侍氣勢驚人地發表了上述宣言，眼神有如盯上獵物的野獸。只能說金幣的力量確實強大。

根據女侍的說法，這座要塞名為復仇之劍，目的是重新建立一道阻擋魔界軍進攻的屏障，據說規模等級更勝正義之怒要塞。

雖然投入了大量的人力與物力，甚至連魔法師軍團都跳下去蓋房子，但復仇之劍的建造進度卻連一半都不到。畢竟要築起如此巨大的要塞，只靠區區數月的工程期是絕對不可能的。為了加快工程進度，指揮部開出非常優渥的報酬，有些傭兵乾脆放下了劍，直接拿起鏟子跑去工地打工了。

目前的復仇之劍要塞沒有最高指揮官，而是設立了軍事委員會，用協議制決定一切事宜，這是因為軍隊來自於人界諸國，大家都不想讓出麾下軍隊指揮權。軍事委員共有五人，人類、精靈、矮人、獸人與侏儒各一位。

就這樣，智骨等人利用金錢的力量獲得了許多寶貴資料，雖然全是一些只要肯花時間就能打聽出來的事，但如今他們最缺的正是時間。這次的潛入任務期限只有三十天，完全沒有把時間用在瑣碎事情上的餘裕。

正因時間有限，吃完早餐後，眾人便立刻出門進行情報工作。

「肚子餓了。」

才離開旅店沒幾分鐘，黑穹便如此低聲呢喃。

「請忍耐。您的食量跟其他人的差距太大了。」

克勞德連忙說道。黑穹的食量並不會因爲化爲人形而改變，但要是讓黑穹在旅店全力點菜，那幅場景未免太過引人注目，因此她從昨晚開始就沒有吃飽過。

「等一下勘查環境時，您可以找機會買東西吃。不過請記住，不要在同一間店買太多。」

智骨立刻想出了應對辦法。復仇之劍要塞有大量平民，路上有很多攤販與餐館。爲了解決上司的伙食問題，眾人決定先朝金風指示的方向前進——根據他的說法，那個方向有食物的香味。

金風的嗅覺沒有讓他們失望，很快就找到一處像是市場的地方。市場非常熱鬧，同時也有許多販賣吃食的攤販。黑穹雙眼閃耀著燦爛的光芒，開始了人生——不，是龍生首次的人界美食之旅。

烤肉串、炸肉餅、蔬菜捲、烤玉米、花生麻糬、飯糰、炒麵、糖煮水果串……短短一小時內，黑穹就掃蕩了數十間攤販，每種食物的購買單位都是十個起跳，而且全是獨自吃光，那猶如無底洞般的食欲與食量，令跟在後頭的四名部下咂舌不已。

「回去之後，我一定要把伙房的那些傢伙吊起來狠狠揍一頓。爲什麼那些傢伙做不出這樣的料理？」

黑穹一邊吃著烤肉串，一邊對伙房兵下達死刑宣判。

「眞有這麼好吃嗎，黑穹大人？」

智骨忍不住問道。

「你買一串不就知道了？」

「不，我吃不出味道。」

「嗯？夏蘭朵不是幫你的身體附加了五感嗎？」

「夏蘭朵大人賦予屬下的五感並非眞正的生物感官，而是一種分析系統。」

「什麼意思？」

「這個……以味覺爲例，其實我根本吃不出食物的味道。但是食物進入口中時，夏蘭朵大人賦予的五感會告訴我食物是甜是鹹。簡單地說，我雖然沒有『感覺』，但是系統會提醒我應該在什麼時候得到什麼『感覺』。」

「什麼啊，好無聊的系統。」

「根本沒有意義嘛。」

「不，智骨要僞裝成人類的話，這個系統很有必要。」

其他人也加入了談話，菲利與金風對這個分析系統評價不高，但克勞德相反。

「是的，很有必要。」

智骨點了點頭，然後說道：

「比如說，要是我被人從背後射了一箭，我大概只會被箭矢的力量推動，往前跌一跤，要是箭的力道太輕，我甚至不會察覺自己遭到攻擊。可是有了這個系統，我就知道要表現出疼痛的樣子，這樣一來，我被識破是不死生物的機率就降低了。看，像現在，我就收到了骨盆部位出現痛覺的提示……啊咧？」

智骨轉頭一看，赫然發現自己的屁股上正插著一枝箭。

「智骨，你沒事插那玩意兒幹嘛？」

「這是什麼新玩法？」

「人界原來流行這個啡？」

克勞德等人也大吃一驚，但他們驚訝的方向似乎不太一樣。

「有人偷襲，看那裡。」

口中叼著肉串竹籤的黑穹抬手一指，眾人的目光隨著黑穹的手指移動，很快就發現對面屋頂上站著一個手拿弓箭的男人。

「有一個中箭了！大家上！」

弓箭男大喊，智骨一行人的前方與後面立刻衝出一大群人，將他們徹底包圍。緊接著前方的人牆向兩側移動，一個體型比其他人魁梧許多、看起來像是首領的高大男人走了出來。

「昨天我的手下好像受你們不少照顧，所以今天特地來回禮。」

魁梧男人面露凶狠的笑容，一臉傲慢地說道。眾人總算知道這是怎麼一回事，原來是昨天被他們打垮的那些傢伙來尋仇了。

「聽說你們是昨天才來的。身爲前輩，有必要教教你們這裡的規矩。不過嘛，如果現在跪下來道歉，再讓那邊那個女人陪我幾天，也不是不能放過你們。」

魁梧男人一說完，他的同伴們立刻發出猥褻的笑聲。

「哦——？」

黑穹聞言露出微笑。

那是令異性看了絕對會爲之傾倒的美麗笑容，然而站在她身邊的智骨等人卻開始顫抖。他們很清楚，上司的心情變差了。

「你們退下，我來就好。剛好當作飯後運動。」

「黑、黑穹大人！請務必手下留情，至少不要有人死亡。」

智骨用惶恐的聲音提醒上司，黑穹隨口回答一聲「知道了」後，便舉起巨劍衝了出去。只見黑光一閃，魁梧男子在根本沒有反應過來的情況下被掃飛。巨劍沒有出鞘，魁梧男子逃過了身首分離的命運。

一擊打倒了敵方首領的黑穹顯然沒有消氣，繼續把怒火傾洩在其他敵人身上。她每揮動一次連鞘巨劍，就會有六、七個人飛出去，那任意穿梭敵陣的姿態，簡直只能用無敵來形容。

智骨等人就這樣站在一旁，看著敵人一個接一個在空中劃出優美的拋物線。

「……該怎麼說呢，眞是非常紓壓的一幕，總覺得心中的不安都消散了。」

「……我們被揍的時候，軍團士兵也都是這樣的心情吧？」

「……好想轉調啡。」

「……是啊。」

四人一臉感慨地低聲說道。

眼前敵人的慘狀，讓他們忍不住回想起過去的自己，甚至湧起幫對方加油的衝動。

💀💀💀

間諜任務第三天。

智骨等人一邊在旅店大廳吃早餐，一邊討論接下來的行動。

昨天的探索成果幾乎是零，除了美味的攤販以外，沒找到任何有價值的情報。原本打算繪製要塞的內部地圖，但到處都在施工，再加上不知道那些正在施工的建築物到底有什麼用途，地圖自然也就無從畫起，因此他們決定改變策略，從傭兵營地著手。

這時旅店女侍端來早餐，還附上了他們沒點的飲料。

「赤色暴熊越來越過分了，總算有人可以教訓他們。啊，這是慰勞的果汁，不用錢。」

赤色暴熊就是昨天被黑穹打垮的那群人。

根據女侍的說法，赤色暴熊是這座要塞的惡勢力之一，他們經常在街上挑釁路人，然後打倒對方、把錢搶走，做的事跟強盜沒兩樣。

他們人數眾多，一旦遇上實力強於自己的對手，就會呼叫同伴施行人海戰術。再加上就算被擊敗了也會不斷找機會復仇這點，其他勢力爲了避免麻煩，都不想與他們正面衝突。

隨著時間過去，赤色暴熊的規模越來越大，行徑也越來越囂張。最近他們開始強收保護費，令許多店家敢怒不敢言。

「治安管理部門呢？」

智骨訝異地問道，女侍搖了搖手。

「你是指巡邏隊嗎？沒用的啦。他們也有塞錢給巡邏隊，只要不鬧出人命，巡邏隊基本上不會管。」

女侍離開後，眾人忍不住討論起剛才的話題。

「這座要塞的紀律也太差了吧？人界軍的軍事據點難道都是這樣子嗎？」

「竟然允許這種不安定因素存在，人界軍高層究竟在想什麼啊啡。」

「或許這座要塞是特例吧，畢竟傭兵數量太多了。要是把精力用在管理他們上，正規軍就什麼事都不用做了。」

「以毒攻毒，以傭兵管理傭兵嗎？不是什麼正道呢。不過這對我們來說也是一件好事。」

稍微驚嘆了下復仇之劍要塞的管理模式後，眾人便出發前往傭兵營地。只是在那之前，必須先繞去市場填飽黑穹的胃袋。

「今天就先從西區開始吧，聽說那裡有好吃的湯麵跟包子。」

黑穹一臉期待地小跳步前進，就在即將抵達市場時，一群人突然從四周巷子裡衝了出來。

「呼哈哈哈哈！等你們很久了！今天一定要讓你們跪地求饒！」

昨天的魁梧男子又出現了，這次他穿上了鎧甲，彷彿正要步上戰場。

不只魁梧男子，就連他的手下也同樣全副武裝。昨天他們只有攜帶武器，此時卻穿上了防具。

要塞內部是安全地帶，所以絕大多數人身穿輕便的衣物，最多套上一件輕皮甲。穿著防具行動不僅不方便，還會消耗大量體力，會在要塞裡面這麼穿的只有巡邏隊。

「不論被打倒幾次都會再站起來，這就是赤色暴熊！為我們堅韌不屈的精神顫抖吧，呼哈哈哈哈哈哈哈哈——噗哦！」

魁梧男子的話還沒說完，就已經被衝出去的黑穹一劍打飛。

「礙事啊啊啊啊啊啊啊！」

黑髮美少女發出了咆哮。以飢餓爲燃料所燒起的怒火，令黑穹洩露出些微的龍威。

「什、什麼？這個氣勢是——？」

「這女的不是普通人！輝銀、不對，搞不好是烈銀級！」

「別怕！我們這次有穿鎧甲，人海戰術一定——唔哇！」

三十秒後，赤色暴熊再次全滅，黑穹重新開始了美食之旅。

「這麼美味的料理，爲什麼魔界沒有呢？」

黑穹一邊啃著香草羊肉串，一邊丟出問題。智骨等人面面相覷，不知該如何回答，他們是士兵，而非廚師。

「這個……我想是因爲魔界種族太多、差異太大的關係吧。」

智骨想了一會兒，用不確定的語氣回答道。

人界之所以會被稱爲人界，是因爲這個世界的主導權被泛人形生物把持。由於種族相近，在食材的選擇上自然也就相似。他們互相交流，激發出多彩多姿的料理方式，進一步拓展了味道的領域。

相對地，魔界擁有許多同時兼具力量與智慧的種族。龍族、蟲族、獸族、惡魔族、不死族……這些種族不只飲食習慣差異極大，甚至連最基礎的味覺構造都不一樣。以蟲族爲例，他們的味覺只是用來判斷「這個東西能不能吃」而已。在這種情況下，會追求食物味道的種族其實數量有限，料理技術自然進步緩慢。

「也對。有限與無限並不是絕對的。某種領域的無限，其實意味著另一種領域的有限。」

黑穹點了點頭，說出一番聽起來很有哲理的話。就在眾人準備大拍馬屁、稱讚上司的英明睿智時，黑穹突然又補上了一句：

「也就是說，只要把那些只會吃無聊東西，以及分辨不出好吃東西的魔族給滅掉，魔界的料理水準就會進步了。」

眾人立刻閉上嘴巴。要是黑穹因爲他們的奉承激發雄心，最後引發魔界戰亂，問題可就大了。

因爲邊走邊吃，智骨一行人的行動速度完全快不起來，從旅店到傭兵營地的路程明明只要二十分鐘，他們卻足足耗費了將近三小時。

「請出示你們的等級證書。」

在傭兵報到登記處，負責承辦的櫃台小姐（精靈族）提出了奇怪的要求。

「等級證書？」

智骨疑惑地反問。由於上次的經驗，黑穹決定暫時將交涉方面的工作交給智骨，金風在旁見習。

「不知道？新人？」

承辦人員皺起眉頭，看起來有些苦惱。

「你們以前沒有當過傭兵的經驗，是因爲聽了募兵廣告才來的，對吧？」

「呃……沒錯。」

「眞是的，最近像你們這種搞不清楚狀況的新人還眞多……都是因爲上面把募兵條件開得太好了。」

櫃台小姐一邊嘆氣，一邊從旁邊的文件堆中抽出好幾張紙。

「拿去旁邊看，然後把這些表格塡好。你應該識字吧？」

「是的。」

開拓小隊一行人之中，只有智骨與黑穹看得懂人類的文字，而這種雜事自然是交給前者處理。

這是一份有關傭兵這個職業的簡介。雖然寫了滿滿數大張紙，但內容的重點其實只有三個。

一、人界會依據實績，將傭兵劃分成金、銀、銅三個等級，每個等級又分成烈、輝、閃三個位階。毫無實績的新人則是白級。當然，等級的高低與傭兵的報酬相關。

二、傭兵的每一件工作都有不同的分數，只要累積到相對應的分數就能提升等級，失敗的話會扣分。另外，太久沒有承接工作的傭兵也會被扣分。

三、傭兵每年都要進行確認登記，沒有進行的傭兵會被取消資格，等級歸零，無論先前是什麼等級都一樣。

「……人界有這麼混亂嗎？」

聽完智骨的說明後，黑穹露出了不可思議的表情，其他人也對這種制度感到驚訝。

有辦法執行積分制，代表人界傭兵背後有著一個具備公信力的管理組織。然而傭兵之所以會是傭兵，就是因爲他們並非效力於某個特定國家，因此這個傭兵管理組織肯定是遊離於人界諸國的特殊勢力，而且強大到無法被國家剿滅。

同時這也意味著兩件事，那就是「傭兵數量很多」與「有很多工作需要傭兵」。

換言之，人界是一個充滿戰亂，四處都在僱用傭兵打仗，而且也有很多傭兵可以僱來打仗的地方。

「不管怎麼說，還是只能登記了吧？照這樣來看，等級越高的傭兵，接觸軍事機密的機會也越高。」

「我也是這麼想的啡。」

於是眾人開始塡寫表格，書寫工作自然也是由智骨負責。

「軍團名稱就叫超獸吧。」

「……黑穹大人，屬下覺得還是別叫這個名字比較好。」

「爲什麼？明明很好聽啊。」

「會很容易引起別人的聯想吧。」

「我也這麼覺得啡。」

「好吧，那要叫什麼？」

「我們是間諜，越平凡無奇的名字越好。」

「叫『普通』如何？」

「會不會太刻意了？稍微修飾一下比較好。」

於是智骨在軍團名稱那一欄寫下「庸俗」，接下來塡上個別成員的資料，因爲事前就已經編造好眾人的來歷，所以這些項目完全不是問題。然而眾人卻在最後一欄，也就是名爲「軍團紋章」的項目上遇到了麻煩。

眾人本來想說隨便畫一個圓圈當作紋章就好，但櫃台小姐說有人用過了。接著他們畫了一個三角形，卻還是有人用過。在那之後，他們又連續畫了三個圖形，但還是統統都被人用過，最後櫃台小姐很不耐煩地借給他們一本圖鑑。

「你們自己拿去查吧，別畫得跟別人一樣就好。」

圖鑑的名字是《傭兵紋章大全集（1999年版）》，裡面畫的紋章全是至今仍在活動的傭兵團所有，數量竟然超過一千個！

「不可以用同樣的圖案，就算顏色不一樣也不行，但數量不同不在此限……太相似的圖案也不行……」

眾人一邊研究圖鑑，一邊在紙上塗塗畫畫。最後黑穹等得不耐煩，要眾人回去再想，至於那本圖鑑則是直接花錢買了下來。

回程路上，黑穹順便再次展開人界美食征服之旅，直到黃昏才心滿意足地踏上歸途。

就這樣，開拓小隊度過了幾乎什麼事也沒做的一天。

「成立傭兵團的事還是算了吧。」

時間是早上七點。地點是旅店大廳的餐桌。

當智骨正準備掏出眾人昨晚熬夜研究好的紋章圖案時，黑穹突然說出了以上這句話，於是他默默地將圖紙收回懷中。

所謂的上下級關係就是這麼一回事。不論事前做了多少準備、投入多少心血、耗費多少時間，只要上司輕飄飄的一句話，就能將它們全部否定。沒有讚美、沒有慰勞、沒有同情，唯一收獲的只有疲憊的肉體與心靈，眾人早就已經習慣了。

「請問是爲什麼呢？」

金風問道。就算已經習慣了，但還是想知道理由。

「我昨晚想了一下，既然人界的傭兵那麼多，競爭想必相當激烈。想靠這招受到要塞高層的賞識恐怕要花上很多時間。」

眾人深感認同地點了點頭。

除非背後有人或是運氣極好，否則不論在哪個地方，新人要往上爬都不是一件容易的事。他們只有三十天，不能把時間耗費在無意義的地方。

「其實我在出發之前，也稍微看了一點人界的書。」

眾人發出「哦哦」的感歎聲，黑穹不悅地瞪了他們一眼。

「那是什麼反應？我看書很奇怪嗎？」

「不不不，一點也不奇怪。」

「您認真準備任務的精神，令屬下感動萬分。」

「不愧是大人，竟然懂得人界的文字。」

「是啊，除了智骨，我們都看不懂啡。」

附帶一提，克勞德等人並非文盲，他們只是懶得學習人界文字罷了。不只他們，目前駐紮在正義之怒要塞的魔界軍幾乎都是如此，所以圖書館的利用率始終低下。

「哼哼。接下這個任務之後，我可不是什麼都沒有做。我剛好看過可以應付眼前情況的書籍。」

黑穹雙手抱胸，一臉自傲地抬起下巴。於是智骨問道：

「請問是什麼樣的書呢？」

「那是一部名叫《超次元要塞》，集數超過五十集的軍事小說。」

眾人立刻被如此氣派的書名震懾住，接著黑穹簡單說明了那部小說的內容。

《超次元要塞》的故事大意，是人類成功開發出一種具備次元穿梭能力的巨大魔法要塞，於是利用這個魔法要塞對其他次元展開殖民工作。超次元要塞能夠自給自足，內部人員除了戰士，還有大量平民，簡直就是一個移動的小型國家。

超次元要塞很快就遇見強大的敵人，但這個要塞擁有一種強力戰略兵種，只要派他們出戰，再怎麼危險的場面都能輕鬆解決。

「我們的目標就是成爲像那樣的戰略兵種，這樣才能以最快速度與人界軍隊高層搭上線，刺探出重要情報。」

「原來如此……請問那是什麼樣的兵種呢？」

「偶像明星。」

黑穹一臉認眞地說道，克勞德、金風與菲利同樣一臉認眞地聆聽，唯獨智骨困惑地歪頭。

「偶像明星……是指那個嗎？在舞台上唱歌跳舞的……」

「就是那個偶像明星。」

黑穹開始解釋其中的奧妙。

原來小說中的偶像明星擁有非常厲害的魔法，能夠利用歌聲提升我方士氣，削弱敵方鬥志，甚至引發各種不可思議的效果。

「原來如此，是吟遊詩人的進階職業！」

智骨頓時恍然大悟。

吟遊詩人是利用魔力音韻操縱元素的職業。與魔法師的不同之處在於魔法師在操縱元素時有相性方面的限制，吟遊詩人則沒有，缺點則是法術威力不如魔法師。

附帶一提，魔界沒有吟遊詩人，也沒有偶像明星。這些知識都是智骨從人類圖書館裡獲得的。

「我知道了。我們會盡快制定將您打造成偶像明星的計畫，最快明天就——」

「不對不對，要當偶像明星的不是我，是你。」

「……欸？」

智骨呆愣地看著黑穹，黑穹則是用溫柔的眼神看著智骨，然後複述了一遍。

「會用魔法的人才能當偶像明星，我們之中只有你符合這個條件。我當經紀人，其他人則是輔佐我。」

「不對不對不對不對！請等一下！」

智骨慌張地從椅子上站了起來。

「怎麼會是我？您也會魔法吧！而且我記得在人界，偶像明星都是由雌性擔任的吧！」

「我是會魔法沒錯。偶像明星也有雄性擔任的例子，不過雌性擔任的成功率比較高就是了。」

「既然這樣，那就由您——」

「我不要。」

「這、我們應該以成功機率，而不是個人好惡來決定——」

「我不要。」

「不，那個，屬下認為以您的睿智，必定可以看出——」

「我不要。」

「……」

眼見勸說無效，智骨連忙向同僚投以求助的眼神。只見克勞德開始低頭研究叉子的形狀，彷彿那把叉子隱藏著什麼重大的祕密；金風眼神迷濛地望著天花板的污漬，似乎正在回憶過去那段充滿酸甜味道的初戀；菲利的臉色則是變得像他的頭髮一樣蒼白，摀著嘴拚命咳嗽，看起來像是某種隱疾突然發作。

在上司威嚴與同僚情誼之間，三名軍團長副官毫不猶豫地選擇了前者。

偶像明星。

一個聽起來好像很偉大，實際上也的確很偉大的職業。

偶像明星具有操縱人心的強大魅力，這種能力在戰爭時期更顯珍貴。當他們待在後方時，能夠撫慰民心；當他們抵達前線時，能夠激勵士氣。據說在人界，頂級偶像明星的影響力足以左右國策，而且也有許多與貴族、甚至是王族結婚的例子。

想要挑戰前景如此宏大的職業，難度自然極高。但在黑穹看來，他們的成功機率其實不低。

「因爲這座要塞不只位於最前線，而且正在打仗。」

以這句話爲開端，黑穹說明理由。

雖然人界的偶像明星有前往前線勞軍的習慣，但那僅限於敵我雙方全都暫時按兵不動的停戰時期。偶像明星也會在意自己的安危，當性命與名聲放在天平上時，孰輕孰重自然不言可喻。

目前復仇之劍要塞還沒有被任何一位偶像明星探訪過，而且要塞裡面也沒有某人可能成爲偶像明星的跡象，簡直就是一塊未開發的黃金寶地。

「——簡單地說，這裡的士兵缺乏精神食糧。只要我們出手，很快就能擄獲他們的心！」

黑穹信心滿滿地說道。

「這裡不是已經有吟遊詩人了嗎？」

智骨戰戰兢兢地問道。之前在酒館收集情報時，他曾看到吟遊詩人在舞台上表演。

「不一樣。那些傢伙的主業是傭兵，上台只是爲了賺點零用錢。他們表演的東西簡直就是垃圾，害我差點吃不下飯。」

黑穹邊說邊露出嫌棄的表情。眾人回想起那一天的情況，記得黑穹似乎足足吃了五人份的食物。

附帶一提，在人界，吟遊詩人分成「戰士」與「娛樂工作者」兩種路線。前者的主業是戰鬥，後者只是單純的表演者。由於戰士型吟遊詩人也懂得使用樂器，所以會在缺錢或喝醉的時候踏上舞台。

「可是──」

「夠了，別再廢話了。昨天交代你的事做好了嗎？」

黑穹強行轉移話題，智骨表情苦澀地點了點頭。

昨天黑穹以上司身分強行定下了作戰方針後，便命令智骨待在房間練習必要的魔法，她則是帶著其他人出去進行各種籌備工作。

此時眾人全部聚集在旅店房間裡，準備檢驗智骨的練習成果。

黑穹交代智骨練習的魔法名爲變音術。這個法術就像它的名字一樣，能夠改變聲音的頻率與大小，也可以模仿他人或動物的聲音，效果看似平凡，卻是音波術、音爆術、震裂術等強力法術的基石。

「好，用變音術唱首歌來聽聽。」

「……屬下獻醜了。」

智骨集中注意力，在唱歌的同時瞬發魔法。這招乃是人界偶像明星的必備技能，辦不到的傢伙根本沒有資格踏上星途。經過昨天一整天的苦練，智骨好不容易才掌握箇中訣竅。

因爲克勞德沒事就會在辦公室彈五弦琴，所以智骨在非自願的情況下記住了不少歌曲。他唱的是魔界敘事詩《跌倒了就要立刻站起來，這樣才能跌得更慘！》，這首歌在魔界流傳極廣，基本上只要是魔界之民就一定聽過。

智骨唱完一小段後就閉上嘴巴，忐忑地等待評價。黑穹與克勞德等人雙手抱胸，露出了「果然如此」的表情。

「……請問，您覺得如何？」

「很爛。」

智骨感覺不存在的心臟被上司插了一箭。

「不，其實也沒那麼糟啦。只是……該怎麼說呢……」金風說道。

「比那些三流吟遊詩人好一點，但也只有一點點而已啡。」菲利說道。

「技巧方面姑且不論，重點是缺乏特色，沒有魅力。」克勞德說道。

三名同僚接著發動追擊。不死生物一向感情淡薄，但此時的智骨覺得自己很想哭。

「既然這樣，還是讓黑穹大人您──」

「放心，我早就料到會有這種事，所以制定了備用計畫。」

「備用計畫？」

智骨驚訝地瞪大雙眼。看到一旁的克勞德等人露出自信的笑容後，他的心中不禁生起一股佩服之情。

……不愧是黑穹大人，平時雖然看起來什麼也沒想，可是一旦認真起來就會變得非常可靠。

魔界奉行實力主義，只有肌肉沒有腦子的笨蛋是不可能佔據高位的。能夠當上軍團長的黑穹，絕對不會是只懂得依恃武力的無謀之輩。

智骨突然覺得自己最近似乎太過自大了。無論從哪個角度來看，黑穹的實力與智慧都遠在他之上，他有什麼資格質疑對方的做法？身爲一個出生才一年的小小骷髏法師，應該抱著謙虛的態度學習他人的長處與優點，而不是用自以為是的眼光看待事物。

「請問是什麼樣的計畫呢？」

智骨一邊自我反省，一邊恭敬地問道。

「你用女裝出道吧！」

黑穹大人對智骨豎起大拇指，露出燦爛的笑容。

酒館裡面擠滿了人。

智骨站在舞台上，用茫然的眼神環視四周。

舞台上方掛著巨大的橫幅布幔，邊緣裝飾著鮮花，上面寫著「超☆美少女偶像・甜蜜拉拉・出道紀念演唱會」。

舞台下方的觀眾有一大半人身穿奇怪的背心，上面繡著「甜蜜拉拉後援會」數個大字。這些人全部鼻青臉腫，如果仔細觀察，會發現他們就是復仇之劍要塞近來新崛起的暴力集團「赤色暴熊」。

舞台左邊坐著四名手持樂器的人，舞台右邊則是站著上司與同僚。

智骨接著低頭看了看自己。法袍不見了，取而代之的是輕飄飄的、充滿蕾絲的、裙子短到不行的、色彩鮮艷的華麗衣服。原本應該握在手中的法杖也變成了奇怪的短棒，這是一種名叫擴音棒的魔法道具，能夠放大聲音。

——為什麼會變成這樣？

智骨露出空虛的眼神，回想起那一天的事。

「你用女裝出道吧！」——當黑穹說出這句話後，克勞德突然從後面架住智骨，菲利掏出繩子迅速將他綁在椅子上，金風則是把一個大箱子砰的一聲放到桌上，然後從裡面拿出一大堆瓶瓶罐罐。

「放心，智骨，我已經打聽得很清楚了。人界有一種名叫『化妝』的物理技術，可以任意改變美醜。就算是偶像明星，也會運用這種技術強化自身容貌。賭上黑穹之名，就算你的臉再怎麼平凡無奇，我也會把它變成絕世美顏！」

黑穹邊說邊拿出一本書，書名是《化妝指導手冊．終極典藏版～顏值高低取決於錢包厚度～》。

「請等一下！這種技術需要用到鐵鎚跟鑿子嗎？人類會用這種東西幫自己的臉雕刻——？」

看見金風從箱子裡拿出一堆危險的工具，智骨驚恐地大喊。

「因爲我們的外形是用魔法道具變化的嘛。既然你的本體是骷髏，當然要直接修改骨頭才有效果。也幸好你是骷髏，修改起來很方便。」

「修、修改？難道是活體改造？所謂的化妝原來是如此殘忍的技術嗎！請住手，這在魔界是犯法的啊！」

「沒問題，這裡是人界。再說你是不死生物，不算活體。」

「不要啊啊啊啊啊啊啊啊啊啊啊——！」

……就這樣，智骨被眾人以各式各樣的工具強行整容。不只頭骨，爲了塑造出人類女性的體型，連脖子以下的部分也一併調整了。更可怕的是，眾人因爲沒有化妝經驗，所以頻頻失敗，以致於這場慘無人道——或者該說是魔道——的改造工程，足足持續了十二小時。

黑穹等人的努力沒有白費，在經過九十二次的嘗試後，他們總算成功打造出一位顏值堪比黑穹的美少女。

此時的智骨——不對，應該說是甜蜜拉拉，有著一頭飄逸的亞麻白金色長髮，以及一雙令人聯想到春天的櫻色眼眸，因爲用了特殊技術，瞳孔深處隱約可以看出心形圖案。除此之外，甜蜜拉拉還擁有精緻小巧的五官、曲線玲瓏的身材、水嫩光滑的肌膚，一言以蔽之，就是絕代佳人。

因爲外表，智骨雖然站在台上什麼都沒做，但已有觀眾開始熱情聲援。除了「好漂亮！」、「超可愛的！」、「是我喜歡的類型！」等讚美之外，還不時穿插了「好想抱起來舔一舔！」、「要是只有十歲就更完美了！」、「請把內褲賣給我！」等危險發言。

驚悚的化妝回憶與台下的性騷擾聲援共同交織出污濁的漩渦，令智骨不由自主地露出空虛的眼神，開始逃避現實。

就在這時，一股殺氣貫穿了智骨的意識！轉頭一看，原來是黑穹正在台下瞪他。

智骨連忙集中精神，他知道要是搞砸，恐怕不是被打爆一、兩次就能了事。

拚了……！

智骨閉上雙眼，摒除一切雜念，大聲唱出苦練許久——大約兩天左右——的歌曲。

心中的太陽開始綻放
明明是夜晚　我的世界卻如此明亮
愉快的時間就要開始
害羞地牽起你的手　一起奔向那個地方
我是甜蜜拉拉　愛作夢的女孩
跺腳　轉圈　笨拙的舞步請不要見怪
我是甜蜜拉拉　愛唱歌的女孩
陽光　浪花　海邊的貝殼藏著我的愛
天上的星星閃閃發光
無色的台階　被愛與夢想染上光芒
興奮的時間就要開始

用力地唱出我的歌　將心意寄託於其上
我是甜蜜拉拉　愛作夢的女孩
跺腳　轉圈　笨拙的舞步請不要見怪
我是甜蜜拉拉　愛唱歌的女孩
陽光　浪花　海邊的貝殼藏著我的愛
美妙的時光　跟你在一起　我就會心神蕩漾
愉快的時光　跟你在一起　嘴角就偷偷上揚
拉拉　拉拉　甜蜜拉拉
勾勾小指　約定明天還要一起玩耍
拉拉　拉拉　甜蜜拉拉
仰望彩虹　與你合唱　我就是甜蜜拉拉

「你們覺得怎麼樣？」

舞台下方，黑穹一邊看著在台上唱歌跳舞的智骨，一邊詢問身後的三位副官。

「歌很好聽，不愧是我作的。」克勞德說道。

「舞蹈很棒，不愧是我編的。」菲利說道。

「臉很漂亮，不愧是我化的。」金風說道。

克勞德等人先是一臉驕傲地回答上司的質問，接著又紛紛搖頭。

「可惜伴奏的水準太差，智骨的實力也不夠，無法展現這首歌的優點。」

「智骨跳錯好幾個地方，看來練習不足啡。」

「上妝的效果還是不夠自然，智骨本身的資質實在太差了。」

克勞德等人開始嚴詞批判，並且把問題全部推到智骨頭上，總之千錯萬錯絕對不是我的錯。黑穹聽了先是皺眉，然後又點了點頭。

「……算了，反正已經學到經驗。要是智骨失敗了，下次就換你們三個上。」

克勞德等人不禁一愣，接著臉孔瞬間失去血色。

「不，等等，黑穹大人，您先前不是說懂魔法的人才能當偶像……？」

「也是有用魔法道具假唱的例子。反正我們又不是一直要留在這裡當偶像，只要能瞞過這段時間就夠了。」

「原來是這樣啊，既然如此……加油啊！智——不對，是甜蜜拉拉！」

「太厲害了！唱得太好了！甜蜜拉拉，妳是最棒的！」

「上啊，拉拉！我們永遠支持妳！」

一改先前的態度，克勞德等人拚命聲援舞台上的同僚。一想到智骨在上妝與練習歌舞時的遭遇，他們就忍不住頭皮發麻，那種殘酷特訓讓不死生物去扛就夠了，絕對不能落到自己頭上！

在同僚的加油聲中，智骨總算唱完了名為《不可思議的少女》的出道曲。

不知為何，酒館突然變得非常安靜。

失敗了嗎……？

這下死定了！就在智骨開始想像等一下將會受到多麼殘忍的懲罰時，巨大的歡呼聲劃破寂靜。

「嗚哦哦哦哦哦哦！這個好啊——！」

「再唱一遍！再唱一遍！」

「甜蜜拉拉萬歲啊啊啊啊啊啊啊啊！」

觀眾突然沸騰了起來。不只是那些僞裝成後援會的假歌迷，連一般觀眾也跟著大聲喝采。智骨茫然地看著台下，懷疑這些觀眾的腦袋是不是壞掉了。

「白痴！還呆在那裡幹嘛？快點再唱一遍！」

黑穹連忙喚醒智骨，同時用手勢要求樂隊再演奏一次。

這天晚上，智骨一共唱了四遍《不可思議的少女》。

一顆璀璨的新星，就此誕生。

「——那麼，努力吧，五十三。期待你的成功。」

難以辨識性別的聲音就此中斷，鏡面的混沌迅速消散，映出了一張充滿精靈特色的英俊臉孔。

臉孔的擁有者名爲莫拉・霧風，他用力嘆了一口氣，表情喜憂參半。

「麻煩的工作啊……」

「暗殺軍事委員阿提莫．梵．薩米卡隆」——這就是莫拉剛才收到的任務。

由於諸多原因，復仇之劍要塞由五名軍事委員統治，阿提莫．梵．薩米卡隆這名人類正是其中一員，換句話說，組織要求他暗殺這座要塞最有權力的五人之一。

身爲復仇之劍要塞的實質統治者，軍事委員們的警備等級自然是最高規格。

五名軍事委員平時全部住在警戒森嚴的司令部，那棟建築物可說是整座要塞最爲安全的地方，不僅配置了大量衛兵，還有數不清的魔法陷阱。內部每個區域還劃分出不同的安全等級，一旦資格不符的人踏入其中，就算被當場格殺也很正常。

軍事委員外出時也會帶著大量護衛，那些護衛皆是精挑細選的高手。以同爲精靈族的軍事委員克莉絲蒂．星葉爲例，她身邊的護衛實力只略遜莫拉一籌，而那樣的護衛足足有十四人，更別提克莉絲蒂．星葉本人就是足以一騎當千的強者。

雖然不曾聽聞阿提莫．梵．薩米卡隆擅長武術或魔法，但對方的背景極其深厚。薩米卡隆乃是掌握著人類之國．神聖黎明最高權力的姓氏，身爲王室中人，阿提莫身邊護衛的實力肯定不會輸給克莉絲蒂．星葉。

「……靠我一個人根本不可能吧、這個。」

若是能夠獨力完成任務，上面對他的評價絕對會飆升，但這是不可能實現的美夢。

當然，眞理庭園不是那麼不講理的組織。只要提出申請，組織就會給予援助，但援助力量必須仰賴莫拉自己的判斷。要是申請的支援強度過高，就算任務成功，也不會獲得好評，任務失敗的話就更不用說了。

想到這裡，莫拉心中突然飄過一個疑問。

……話說回來，我上次的任務究竟算成功還是失敗？

莫拉上次的任務是協助組織刺殺一名精靈與四名人類，然而那些人最後都還活得好好的。正常來說，任務應該是失敗了，但後來他的組織排名卻升了一級，從五十四變成五十三。

是因爲沒有功勞也有苦勞的關係……？眞理之核的評分標準有時實在讓人搞不懂。

眞理庭園的任務考核並非人爲判斷，而是交由一個名爲「眞理之核」的自律型魔法計算系統負責。據說眞理之核的計算能力遠遠超越現今所有同類系統，甚至能夠模擬世界的運行。莫拉認爲這應該是組織的自我吹噓，但就算眞理之核的能力只有那些大話的百分之一，也是一件很厲害的事，因此不可能在功勳考評這種小事上出錯。

莫拉並沒有爲此事糾結太久，不管是正常計算或系統失誤，反正自己的排名上升是好事。只是他肯定想不到，排名上升的眞正原因是組織的第三十九席陣亡，因此後面席位的排序全部往前遞補……

不管了，還是思考如何完成任務吧。要在哪裡動手，怎麼動手呢……

司令部是絕不可能的，從莫拉的軍階與職位來看，根本沒有機會接近對方。下毒也不可能，軍事委員的飲食都會用魔法先行探測過，送洗的衣物、接觸的文件與物品也是如此，因此只能趁目標離開司令部的時候下手。

總之先打聽那傢伙的日常行程，而且絕對不能做得太明顯……眞麻煩啊。

就在莫拉苦惱時，房門響起輕微的敲響。他迅速檢查了下房間，確定沒有任何問題後才開門。門外站著一名精靈士兵。

「長官，二小姐要出門了。」

「知道了。」

莫拉面無表情地回答，同時在心裡用力咂嘴。自從這位星葉家的二小姐來到復仇之劍要塞後，莫拉可以自由支配的時間便大幅減少。他曾向上級——星葉家的大小姐克莉絲蒂．星葉——提出過申請，希望轉調其他工作，但是被駁回了。

「星葉」乃是精靈的大貴族，而克拉蒂．星葉這位二小姐涉世未深，擔任其護衛正是加深關係的好機會。莫拉出人頭地的欲望比起一般精靈強烈，如果是加入真理庭園之前的他，一定會很樂意接受這份工作，但現在的他只覺得厭煩。

要是上次有成功解決掉她就好了。

莫拉一邊想著危險的事，一邊趕往司令部大門。當他抵達時，正好見到一名準備外出的精靈少女。

「啊，莫拉，這邊。」

精靈少女見到莫拉，立刻友善地揮手跟他打招呼。

這名少女正是克拉蒂．星葉。或許是因為一起戰鬥過的關係，自第一防線那一戰後，她對莫拉的態度好了許多。這樣的改變令莫拉有些哭笑不得，畢竟他當初的任務可是殺死對方，只是礙於種種因素才沒有出手。

就這樣，他們並肩離開了司令部。要是在以前，兩人應該會是一前一後——當然是莫拉在後——的站位，這正是關係改善的證明。

「二小姐，請問您要去哪裡？」

把眞正的想法深藏於心，莫拉掛起無懈可擊的微笑問道。

「瘋馬酒館。」

「……或許您會覺得我多嘴，但我覺得您還是少去那種地方比較好。」

精靈並不排斥酒，世界樹也有類似酒館的場所，然而精靈與人類的飲酒文化相差甚遠。精靈享受的是那種微醺感，人類則是利用酒精放縱自我。在前者眼中，後者的做法實在太過粗暴。

「那裡很有趣啊。」

克拉蒂不以爲意地回答。她並非第一次進入人類酒館，也不討厭人類的飲酒文化，這正是她被視爲怪人的原因之一。

「等您遇到藉酒裝瘋的傢伙時，就會知道那裡其實一點也不有趣了。」

「我知道你在擔心什麼，不過瘋馬酒館不一樣，沒人敢在那裡鬧事。那裡可是有輝金級坐鎭哦。」

這下輪到莫拉驚訝了。輝金級是貴族也要正視的存在，這樣的人物竟然願意坐鎭酒館？

「當然是因爲那間酒館背後有人……咦？難道你不知道嗎？這不算什麼祕密耶！這座要塞的傭兵應該每個都知道哦。」

「……抱歉，屬下消息太過閉塞。」

其實是因爲沒興趣跟那種傢伙廝混，但莫拉當然不可能說實話。

「是波魯多・火鎚跟阿提莫・梵・薩米卡隆，那兩個傢伙就是瘋馬酒館的幕後老闆。」

「囉——」

莫拉發出感嘆的聲音。

才在煩惱該怎麼著手，結果馬上就出現線索了……這就是世界樹的指引嗎？

莫拉在心中暗暗感謝神明，他覺得自己的運氣似乎開始往上走了。

出道演唱會結束的隔天，眾人在黑穹的房間裡針對昨晚的表演進行檢討。

「雖然你犯了很多失誤，觀眾的反應卻比預想中要好，這是爲什麼呢？」黑穹雙手抱胸，一臉不解的表情。智骨搖了搖頭，表示自己也不明白，論起困惑程度，他恐怕才是在場眾人裡最深的那位。

此時智骨的長相已經回復原樣。雖然以物理方式強行改造了全身骨骼，但只要魔力足夠，智骨一個念頭就能讓骨頭變回原形。骷髏雖然是最弱的不死生物之一，但在恢復力方面擁有巨大優勢，這也是它們會被視爲炮灰兵種的原因。

「或許是因爲歌曲太優秀了，就算智骨唱不好，也掩蓋不了歌曲的光芒吧。」克勞德說道。

「我想應該是舞蹈動作太棒了，就算智骨跳不好，觀眾也能感受到隱藏在舞蹈動作之中的熱情與心血啡。」菲利說道。

「太天眞了，是因爲我的化妝術太過完美，觀眾全部迷上了那張臉，才會下意識地忽略掉智骨的失誤。」金風說道。

總之一切都是我的功勞——三人只差沒有直接把這句話說出來。智骨面無表情地看著同僚們，雖然心中充滿吐槽的欲望，但他知道自己昨晚的表現確實不怎麼樣，沒有批評別人的立場，所以強行忍住了。

「……算了，既然想不出理由就別想了。乾脆趁著這股氣勢，一口氣把甜蜜拉拉的人氣推到極限。」

黑穹決定不再探究原因，超獸軍團的風格就是不會在意瑣碎小事。

「那麼，接下來是安排下次的演出。金風，你跟我走。克勞德、菲利，你們兩個好好指導智骨，昨晚的那些失誤絕對不准再發生。」

「「「「是！」」」」

四人大聲回答，唯獨某人的聲音聽起來有些哀怨，接著克勞德立刻搬出五弦琴調音，菲利則是把智骨從椅子上拉起，開始指導他昨晚跳錯的部分。黑穹見狀滿意地點了點頭，然後踏著充滿幹勁的步伐，拖著臉色像是被告知今天就是死期的金風離開房間。

等到確定上司離開後，智骨三人不約而同地互相對望。

「「「自由啦！」」」

三人立刻仰天歡呼，因爲怕被還走不遠的上司聽見，所以壓抑了音量。

「魔神在上！終於可以放鬆了啡！」

「喝酒——不行，人界的酒太淡了。點心呢？茶呢？快去叫旅店的人送來！」

「自己去，床鋪才是我唯一的歸宿！」

「喂喂，智骨，你可是黑穹大人重點關注的對象，這樣不行喲啡。」

「管他的！你們以為我這幾天是怎麼過的？如果不是骷髏，我早就死好幾次了。」

三人興奮地謳歌這段好不容易才獲得的自由時間。回想起這幾天的經歷，絕對只能用戰戰兢兢來形容。工作本身不算辛苦，問題是黑穹一直跟在他們身邊，那種感覺就像是抱著一顆隨時會爆炸的炸彈在行動。唯一值得慶幸的是，黑穹本身似乎也在努力克制，所以智骨等人還沒有挨到她的巴掌，但這種事誰也無法保證能持續多久，因此他們的精神壓力一直很大。

「話說回來，金風一個人沒問題吧？」

「可憐的傢伙，我們就連他的份一起好好休息吧。」

「茶呢？點心呢？叫旅店的人送來啊啡！」

三人就這樣悠閒地度過了一整天，吃東西、閒聊、打牌、睡覺、做自己的事，總之就是沒有在工作。為了怕黑穹突然回來，智骨還特地跑去旅店門口設下了只會針對特定目標的警報魔法。

黃昏時分，黑穹與金風總算回來了，於是眾人移動到旅店大廳吃晚餐。

「下一次的表演決定了。後天晚上六點，瘋馬酒館。」

智骨等人聞言大吃一驚。原因無他，瘋馬酒館是這座要塞最大的酒館，據說它擁有官方背景，因此無論是規模或收費都高出一般酒館許多。許多知名的傭兵團都會在瘋馬酒館聚會，一方面展示自己的財力，一方面拓展人脈。

「竟然能夠談成這場合作，太厲害了啡！」

「甜蜜拉拉只是毫無背景的新人，應該全是仰賴黑穹大人的力量吧。」

「不愧是黑穹大人！不只武力過人，連商業談判都很擅長！」

眾人紛紛對黑髮美少女送上恭維。黑穹搖了搖頭，然後指著金風說道：

「這次交涉是金風負責的，我只是坐在旁邊而已，什麼都沒有做。」

黑穹不是會搶部下功勞的上司，直接說出了實話。金風立刻挺起胸膛，一副「快表揚我」的模樣。

「不不不，這全是因爲大人您指導有方啊！」

「如果不是您在旁邊威嚇——不，是坐鎮，對方也不會這麼輕易答應吧。」

「如果您出手，一定可以談成更好的條件啡。」

三人繼續奉承黑穹，完全把金風當成了空氣。金風沮喪地低著頭，用食指無意義地在桌上畫圈圈。

「夠了。還有，智骨，瘋馬酒館的店長要甜蜜拉拉明天下午兩點過去一趟。」

「明天兩點？爲什麼？提前排練嗎？」

「不，對方說想要跟你在辦公室一對一交流，仔細研究你的表演風格，這樣才能做好萬全準備。」

「眞是嚴謹……我知道了。我一個人去嗎？」

「金風跟你一起去。你們兩個，明天跟我一起行動。」

克勞德與菲利露出抽搐的笑容答應了，金風則是露出解脫的笑容。望著心情變得跟先前截然不同的同僚們，智骨心想這世界果然還是有報應的，魔界有句諺言叫：「用觸手捅出的洞，總有一天會漏出什麼東西。」指的正是這種情況吧。

只是自詡爲旁觀者的不死生物此時並不知道，這句諺語很快也會實現在自己身上……

瘋馬酒館的店長名爲湯姆．歐普，是一個體型有如飽脹氣球的中年男人，雖然外表與視線都帶有奇妙的油膩感，但也可以從他身上感受到一股幹練的氛圍。

智骨對人類的審美觀不是很了解，但他覺得歐普的長相應該會被排在下位序列，連自己變成人形的容貌都比對方強上不少。

「妳就是甜蜜拉拉嗎？不錯、不錯。前天的表演連我都聽說了，似乎非常精采吶。」

「過獎了。還有，您的消息眞是靈通。」

「咈咈咈，這個圈子可沒妳想像中那麼簡單。大家都拚命想往上爬，只要一出現稍微有點實力的新人，就會立刻受到關注——然後被打壓。」

「咦……？」

見到智骨訝異的表情，歐普愉快地笑了。

「我就直接叫妳拉拉吧。拉拉啊，妳知道瘋馬酒館是什麼樣的地方嗎？」

「是這座要塞裡面最棒的酒館。」

智骨順勢奉承了對方一下，沒想到歐普卻用力搖了搖頭。

「是最接近『世界』的酒館！在這種破地方成爲最棒有什麼用？拉拉啊，妳的視野太窄了，要把目光放遠一點才行。」

「世界……？」

「呼呼，不明白嗎？好吧，我就直說了。妳知道瘋馬酒館的老闆是誰嗎？」

「不知……呃，拉拉不清楚耶。」

智骨在回答時想起了拉拉的人設，於是連忙調整語氣與用詞。歐普壓低聲音，一臉嚴肅地說道：

「是薩米卡隆大人與火鎚大人。」

「呃……？」

智骨先是歪頭，三秒過後，才終於領會到對方話中的意思。

「薩米卡隆？火鎚？難道是軍事委員會的……？」

「就是那兩位大人。」

彷彿對智骨的反應很滿意，歐普笑得眼睛都瞇了起來。

「那兩位大人位高權重、背景深厚。如果妳表現得好，被他們看中了，以後很可能有機會到大城市表演。只要肯努力，成爲世界級的偶像明星也不是夢想！在這種破地方稱霸有什麼意義？要做就做最好的！世界的大門已經對妳敞開了啊，拉拉。」

智骨對成爲世界級偶像沒興趣，但若是能藉機接近那兩名軍事委員，肯定能打聽到重要情報。想到這裡，智骨立刻充滿了幹勁。

「拉拉會努力的！」

「呼呼，有幹勁是很好，可是這世上有很多事光靠幹勁是沒用的，拉拉。」

這傢伙說了一句不錯的話嘛……

智骨不由得聯想到自己的職場環境，那可是耗費再多幹勁也無法改善的東西。

「拉拉有很多事不懂，還請您多多指點。」

「很好，我喜歡懂事的女生。」

歐普露出奇怪的笑容，然後從椅子上站起來，走到辦公室門口，咔噠一聲把門鎖上。對方的行動讓智骨萌生不好的預感。

「請、請問……？」

「拉拉喲，妳也不是小孩子了，應該知道這世上沒有天上掉下來的好事吧？想要得到些什麼，就得付出些其他，這就是大人世界的規則……妳懂吧？呼呼。」

歐普的表情與聲音變得非常猥褻。

「可、可是這跟您鎖門有什麼關係呢？」

「裝清純啊？不錯不錯。大白天的，這種玩法很刺激。」

歐普用舌頭舔了舔嘴唇，接著猛然朝智骨撲了過去。

「呀啊——！」

「呼呼呼呼。儘管叫吧！這個房間的牆壁經過特殊處理，再大的聲音都傳不出去。妳叫破喉嚨也沒人理妳！」

「等、等等！請住手——！」

「放心，我的技巧很好的喲，試了一次之後妳就會上癮，呼哈哈哈！」

……三分鐘後，鼻青臉腫的歐普倒在地上，徹底失去了意識。

雖然職業是魔法師，但智骨也受過格鬥訓練，哪怕水準不高，對付歐普這樣的普通人類仍是綽綽有餘。智骨連魔法也沒用，光靠肉體——不對，因爲骷髏沒有肉，所以是光靠骨頭就把他揍扁了。

智骨看著地上的歐普，心想爲何對方突然襲擊自己？難道他的身分曝光了？

「如果會操心術就好了……」

百思不得其解的智骨忍不住呢喃危險的事。

在魔界，凡是涉及心靈與精神的魔法都屬禁忌法術，須通過嚴格的官方審核才能學習，私下傳授是重罪。綜觀整個正義之怒要塞，懂這類魔法的魔族一隻手就數得出來。

不對，想太遠了，眼前的問題該怎麼處理？

要是黑穹知道這個機會搞砸了，鐵定會將他拆成碎片——這不是文學上的比喻法，而是記敘法。光是想像那樣的畫面，就令智骨全身發抖。

智骨很想叫樓下的金風一起來想辦法，但要是把其他人也一起引來就糟了，他必須在沒人發現的情況下解決這件事。

智骨惶恐地翻著次元口袋，尋找能夠派上用場的東西。

次元口袋是一種可以儲存大量物品的空間系魔法道具，價格極爲昂貴，爲了這次的任務，智骨特地向上面申請了兩個，一個在他手上，另一個則交由黑穹保管。

這是……？

智骨在口袋角落發現了幾支針筒，那是上次從金風他們手裡沒收的治療藥水。

很好！先用這個治好他的傷，後面的事情也會比較好處理一點吧！

就在這時，智骨的感知捕捉到門口有人經過，他嚇了一跳，反射性地將針筒扎進歐普的屁股，將治療藥水全部打進去。

對方逐漸走遠，看來只是有人剛好經過房門口而已。智骨先是鬆了一口氣，然後又倒吸一口氣——雖然他沒有肺，但刻劃在靈魂深處、某種像記憶一般的東西，令他不自覺這麼做了。

糟糕！我做了什麼啊——！

魔界的治療藥水對人類有效嗎？會不會產生副作用？該使用多少分量？原本智骨打算慢慢搞清楚這些問題的，結果匆忙之下竟然直接把一支針筒全部用光，而且還是注入體內這種非正統的做法。

治療藥水並非絕對無害，使用過量還是會造成問題，例如精力過度旺盛、毛髮爆發性生長、觸手大量增殖、身體尺寸改變、膚色永久性變換等等。智骨憂慮地看著歐普，不知該怎麼辦才好。

歐普的傷口以驚人的速度痊癒了，除了血跡與破損的衣服，整個人看起來跟平時沒兩樣……撇除掉他正猛烈抽搐這點的話。

如果使用過量會造成不良影響，那讓他傷勢加重，是不是就可以平衡了？

眼看歐普不斷抽搐，智骨突然靈光一閃，想到了合理又危險的點子。

就在這時，歐普突然伸手抓住了智骨的腳！智骨反射性地舉起法杖，準備往歐普的腦袋敲下去，但對方接下來說的話令他的動作爲之一僵。

「拜託……再來一點……求求妳！我還要……還要……！」

歐普一邊用企求的目光看著智骨，一邊用哭泣般的聲音喊道。

智骨傻眼地看著對方。

💀💀💀

甜蜜拉拉的第二次演唱會，順利地在瘋馬酒館舉辦了。

瘋馬酒館沒有辜負它「要塞第一」之名，不僅舞台華麗，設備高級，就連伴奏樂隊也是一流的，甚至還會讓低階魔法師製造聲光特效。

一般來說，上台順序會根據表演者的人氣與實力做調整。最差的負責開場，次弱的負責結尾，最強的排在中間。當晚一共有十人登台表演，甜蜜拉拉被排在第五位，也就是主力位置。

智骨是在上台前一刻，才知道甜蜜拉拉被安排爲主力。幸好觀眾反應熱烈，沒有失敗。

「你是怎麼交涉的？竟然能夠爭取到主力位置。」

表演結束後，黑穹訝異地詢問智骨與金風。

「我不知道，你是怎麼交涉的？」

金風同樣訝異地看著智骨。

「呃……誠意？」

智骨有些心虛地回答，然後得到了來自上司與同僚的鄙視目光。

「……算了，總之結果好最重要。照這個氣勢繼續努力下去，很快就能變成要塞第一偶像。」

「是，屬下——不，拉拉會努力的！」

「……你裝可愛的樣子好噁心。因爲知道你的眞面目，所以感覺更噁心了。」

克勞德等人深有同感地點頭附和，智骨不知道自己該做出什麼反應才好，只能無言以對。

這時休息區的大門突然被打開，一個肥胖的身影走了進來。此人正是湯姆・歐普，只見他氣色紅潤，步伐輕盈，整個人看起來精神十足。在外人看來，只會覺得歐普的身體狀況極佳，只有智骨知道，這是因爲魔界治療藥水的效果還沒完全消退。

休息區的人們一見到歐普，立刻換上笑臉向他打招呼。然而歐普沒有理會他們，直接大步走向智骨幾人。

「哎呀，迴響熱烈啊！不愧是拉拉，今晚的舞台比過去更熱鬧！」

「您過獎了。」

「不不不，我說的全是事實。有沒有興趣跟我們簽約，成爲常駐表演者啊？」

周圍立刻投來大量羨慕目光。

常駐表演者的意思就是與某間酒館簽訂合約，成爲該酒館的專屬表演人員，合約期間不能在其他酒館表演。

常駐合約意味著穩定的工作，同時因爲酒館的抽成比例較低，因此收入跟著增加。對於娛樂工作者來說，「獲得常駐合約」等同於「能夠獨當一面的高手」，如果是瘋馬酒館這種等級的大酒館，常駐合約的價值更是非凡。

然而智骨不知道這些事，因此很乾脆地拒絕了邀請，令歐普與其他人當場愣住。

「眞的不再考慮一下嗎，拉拉？要是成爲我們酒館的常駐表演者，做很多事都會很方便哦，合約條件也可以談。」

歐普不死心地繼續勸說。眾人以爲他是看上了甜蜜拉拉的才華或身體，但智骨知道對方口中的「方便」，指的其實是魔界治療藥水。

那玩意兒的上癮效果原來這麼強啊……以後還是多注意菲利他們，別讓他們有機會打針。

「請等一下，歐普先生！」

一道高亢的聲音突然響起。眾人轉頭一看，發現出聲者是一位美艷的人類女性，她的穿著極爲暴露，能夠充分吸引周遭異性的目光。

「是蘇西呀，什麼事？」

「像這種自以爲是的小女孩，您根本沒必要在她身上浪費時間！只不過表演方式稍微新奇了一點，就自以爲很行，不把其他人放在眼裡，連『尊重』這個單字該怎麼寫都忘了。等觀眾的新鮮感一過，像她這種程度的小鬼只會被噓聲趕下台！」

名叫蘇西的女子一邊指著智骨，一邊大聲說道。

「……她好像對你很不爽，你哪裡惹到她了？」

黑穹低聲問道，智骨搖頭表示不知道。

這時其他人也開始附和蘇西，不斷貶低甜蜜拉拉的表演。轉眼間，智骨等人就變成休息區所有表演者與工作人員的攻訐對象。

這也是理所當然的事。

對表演者而言，甜蜜拉拉是極具威脅的對手；對工作人員來說，自帶幕後團隊（黑穹等人）的甜蜜拉拉是不信任他們能力的囂張新人。蘇西的指責剛好讓他們有了發洩不滿的藉口，才會造就如今這個狀況。

「——黑穹大人，請您千萬要冷靜！」

「在這裡把他們全部幹掉很簡單，但任務恐怕會失敗，請三思！」

「沒必要理會這些雜魚。如果您想，屬下晚點就去偷偷揍他們一頓啡！」

「暴力無法解決所有問題，至少眼前的不行！」

智骨等人沒有理會周遭的罵聲，反而開始苦勸上司不要衝動。他們很清楚，一旦黑穹發飆，不只這些人要倒楣，最後他們也一定會跟著遭殃。

「……你們把我當成什麼了？我還不至於爲這點小事生氣。」

黑穹皺眉說道。智骨等人聞言鬆了一口氣，然後開始稱讚上司的器量。

就這樣，整個休息區似乎被劃成了兩個世界，一方沉溺於以眾欺寡的言語霸凌，另一方則是只顧討論自己的事，兩邊毫無交集。

「好，我知道了！」

就在這時，歐普突然雙手一拍，大聲發話了。

「既然如此，就來辦一場比賽，證明究竟誰的眼光才是對的！比賽的勝利者可以獲得三十枚黎明金幣，以及我們酒館的常駐合約！」

突然安靜了下來。

先前的吵鬧彷彿是假的一樣，休息區靜得連一根針掉在地上都能聽見。黑穹等人也察覺到這股異常的氛圍，不由得停止討論。

所有人的視線全部集中到歐普身上，現場瀰漫著一股詭異的沉默。

數秒後——足以掀翻天花板的歡呼聲轟然爆發！

迷霧之中勿奔馳。

這是一句魔界著名的諺語，意思是別在不清楚情況的時候亂下決定。

魔界有些地方的自然元素會基於不明原因出現混亂，引發特殊的濃厚迷霧。在元素迷霧裡面，生物的感覺器官會變得遲鈍，魔法的威力會大幅削弱，磁針之類的道具也會失去作用。一旦陷入元素迷霧，最好的方法就是站在原地等待迷霧自然消失，要是因爲著急而隨便行動，反而容易出現意外。

然而世事不會按照某人的意志而運轉，有時就算想停下來觀察狀況，還是會陷入必

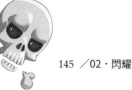

須立刻下決定的情境──就像智骨等人昨晚所面臨的一樣。

就在昨晚，湯姆．歐普在舞台休息區發表了引發巨大騷動的宣言之後，立刻轉頭詢問智骨是否願意參加比賽，由於現場氣氛太過熱烈，拒絕的話似乎會很不妙，因此在黑穹的暗示下，智骨當場答應了。

爲了理清昨晚事件的脈絡，隔天眾人一早就出門打探消息。到了晚上，總算把相關情報收集齊全。

首先，是引發事件的原因──「常駐合約」。

從其他相關業者口中，智骨等人總算明白了瘋馬酒館常駐合約的價値，那是成爲世界級偶像的台階，也是證明自己成功踏入業界最高階層的象徵，在表演者眼中，這份合約堪稱至寶。

另外，那三十枚黎明金幣也是充滿魅力的獎賞。黎明金幣是人界最強勢的貨幣，由於是人類之國．神聖黎明所發行，故有此稱。三十枚黎明金幣的價値，足以讓人一輩子不愁吃穿。

其次，是引發事件的人物──「蘇西」。

那位率先攻擊智骨的美艷女子，全名叫蘇西．卡珊，是瘋馬酒館的台柱之一。當晚她的表演順位被甜蜜拉拉取代，輪到在甜蜜拉拉之後才上場。乍看之下只是一個序位的差別，但對於熟悉酒館舞台的人而言，這無疑是「甜蜜拉拉比蘇西更優秀」的訊號。

最後，是引發事件的結果──「比賽」。

昨晚休息區的事件已經流傳出去，而且還成爲人們聊天時的熱門話題。原因似乎是復仇之劍要塞缺乏娛樂，因此這場比賽才一傳出消息就備受矚目，甚至已經有人開設了賭盤。

「原來如此，雖然起因是某個無聊女人的嫉妒，但事情演變成這樣也不算壞事。你就奪下冠軍，讓甜蜜拉拉的名聲更上一層吧。」

搞懂了事情的緣由後，黑穹信心滿滿地說道。

「屬下沒什麼信心……」

相較於上司，智骨的態度顯得悲觀許多。

瘋馬酒館乃是要塞最高等級的酒館，裡面的表演者全是經驗豐富、實力堅強的一流人才。甜蜜拉拉之所以能擠下蘇西，全是因爲歐普的暗箱操作。按照正常情況，甜蜜拉拉恐怕只能第一個登台，負責爲後面的表演者暖場。

「只要特訓就好了。」

面對智骨的擔心，黑穹輕描淡寫地說出了很有超獸軍團風格的答案。這瞬間，智骨感到一股強烈的寒意貫穿背脊，仔細一看，自己不知何時已經被三名同僚團團包圍了。

「放心吧，智骨。我們會傾盡全力，讓你獲得優勝的。」

「這正是將超獸軍團的榮光傳播到人界的好機會。做好覺悟了嗎？」

「接下來會很辛苦哦。幸好你是不死生物，應該不至於累死啡。」

克勞德、金風與菲利臉上掛著虛僞的笑容，一步步地逼近智骨。

隔天一早，歐普派人前來旅店傳話，要求甜蜜拉拉去他那邊商討關於比賽的事情，並強調甜蜜拉拉必須獨自前往。

「爲什麼只讓你去？這麼重要的事，我們不是也該在場嗎？」

黑穹對於歐普的邀請感到不解，智骨大概猜到是怎麼一回事了。

「您要一起來嗎？」

「……不，算了，就先順著對方的意思去做吧。雖然不知道那傢伙想幹嘛，不過以後說不定還需要借用他的力量，沒必要惹他不高興。金風，你跟智骨一起去，但不用露面。」

就這樣，智骨迅速化好妝，然後跟金風一起前往瘋馬酒館。向侍者報上來意後，智骨獨自前往歐普的辦公室，金風則留在酒館大廳。

「拉拉哦哦哦哦哦哦——！」

智骨一進入辦公室，便見到一團巨大黑影朝自己飛來。智骨還來不及做出反應，大腿就被抱住了。

「拉拉哦！拉拉哦！拉拉喲——！求妳！求妳給我藥！拜託——！」

黑影的眞面目就是歐普，只見他臉上滿是眼淚與鼻涕，用顫抖的聲音高聲懇求。

「……果然是這樣啊。」

智骨嘆了一口氣。果然不出所料，歐普陷入了戒斷狀態，急著想來一針，所以才會派人找他。

「藥！給我藥！拜託——！求求妳——！」

雖然對歐普感到同情與歉疚，但為了任務，智骨還是藏起了隱隱刺痛的良心，用冷酷的語氣說道：

「這世上可沒有不勞而獲的好事喲。」

「我知道！不管多少錢我都給！」

「不是錢的問題。」

「不管妳要什麼東西都行！就算是我的身體也可以！」

「我要你的身體幹什麼？我問你一些問題，你給我老實回答。」

智骨打算趁機打聽關於這座要塞的軍事情報。歐普既然認識軍事委員，應該多少聽說過一些只有高層人士才知道的機密消息，只要把它們拿到手，這次的間諜任務就能順利交差了。

遺憾的是，事情沒有智骨想的那麼容易。歐普只知道軍事委員在吃喝玩樂方面的喜好，這種情報根本沒有價值。最後歐普保證一定會想辦法讓智骨獲得比賽冠軍，才得到寶貴的一針。

智骨也曾想過自己回去以後，歐普要是藥癮又發作該怎麼辦，但因為實在找不出解決辦法，所以乾脆不再多想。生命自己會找到出路，相信歐普一定會有辦法的，大概。

回到旅店後，智骨將歐普答應進行暗箱操作的事說了出來，立刻獲得眾人的稱讚。黑穹高興地往智骨的肩膀用力一拍，於是後者很乾脆地被打爆了。

因爲身體爆散的關係，用來僞裝的魔法道具自然也跟著失去效果，黑穹愣然地看著滿地碎骨，一時說不出話來。

「果然……還是出現犧牲者了。」

「已經忍了十一天，這是最高紀錄啡。」

「忍耐得越久，力道越不好控制。沒看到智骨變得比平常還要碎？」

克勞德等人在一旁竊竊私語，同時慶幸挨上這一擊的是智骨。要是換成他們，當場斷氣都有可能。

最後眾人把智骨的殘骸全部收集好，丟到床上等他自行復元。

智骨沒有辜負不死生物的種族之名，硬是從死亡深淵爬了回來。僅僅過了一晚，他的身體就已經自動拼湊好，但靈魂與身體的連繫還沒完全恢復，沒辦法起床行動，只能思考與說話。

正常骷髏要是受到這種傷害，基本上必死無疑。智骨之所以能夠修復，是因爲接受過不死軍團長夏蘭朵的特殊改造。戰鬥力姑且不提，在生存力方面，他的水準堪比高階不死生物。

由於只躺在床上太過無聊，智骨拜託克勞德找點書給他看，結果被拒絕了。

「這裡又沒有書店，我去哪裡找書給你。」

「咦？沒有嗎？」

「沒有。」

克勞德一臉篤定地回答。

在智骨進行偶像特訓時，克勞德等人也不是什麼事都沒做。他們這幾天已經把整座復仇之劍要塞全部走過一遍，連地圖都畫好了。

「這裡跟我們那邊不一樣，店舖賣的東西大多是民生用品，不然就是針對軍人與傭兵的店舖，沒有賣書。」

正義之怒要塞有好幾間書店，裡面賣的自然是從魔界運來的書籍。智骨最常逛的是一間名爲「醇酒屋」的書店。這是因爲書店老闆認爲書這種東西就跟酒一樣，越是古老越有價值，所以才會如此取名。

「那魔法書呢？這裡有很多魔法師，應該有爲了他們而開的店鋪吧？」

「有是有，可是它們的東西只賣給魔法師。我們都不會魔法。還是說，你想叫黑穹大人幫你買？」

「……算了。」

智骨可沒那個膽子請上司幫他跑腿，最後他決定以冥想度過這一天。意外的是，黑穹在吃完早餐後竟然來到他的房間，並且扔下一大堆書。

「我聽克勞德說了，這個給你看。」

智骨受寵若驚地看著上司，然而當他看見書名時，心中的感動頓時化爲錯愕。

書名爲──《超次元要塞》。

「……請問這些書是哪來的？」

「我前幾天回去搬的。」

原來黑穹在制定甜蜜拉拉的出道計畫時，某天深夜悄悄飛回正義之怒要塞，從圖書館裡拿走這套書作爲參考。由於她的行動太過迅速，智骨等人竟然完全沒發覺。

「看完這些，你應該也會對眞正的超一流偶像明星有點了解，知道自己今後該怎麼做了吧。」

「屬下明白了。不過……數量有點多……」

《超次元要塞》是長篇作品，而且是總集數高達六十九集的超級大長篇，根本不可能在一天內看完。

「那我就推薦最精采的幾集，你先看完那些吧。」

「跳著看？這樣不會看不懂嗎？」

「放心，《超次元要塞》的時間軸橫跨數百年，內容分爲七部，每一部都可以視爲獨立的故事，就算跳著看也不會搞混。」

「原來如此。」

「首先是第一部『愛，已經忘記了嗎？』，這部建立了貫穿整個系列作品的世界觀，尤其是主角的三角戀情，堪稱經典，以後每一部都會出現類似的劇情。」

經典的究竟是世界觀還是三角戀？智骨心想。

「然後是第三部的『山啊，海啊，聽我唱歌吧！』，男主角從小就對著山丘與海洋唱歌，最終鍛鍊出足以打動萬物的歌聲。」

神經病……不，換個角度來看，說不定還挺熱血的？智骨心想。

「接著是第五部的『妳們都是我的翅膀！』，男主角當面對著兩個女主角說：『妳們兩個我全都要！』的場景，霸氣到了極點。」

人渣！這傢伙絕對是人渣！智骨非常肯定。

聽完黑穹的介紹，智骨反而有點不想看了。然而黑穹命令他今天之內一定要把這三部讀完，而且還要繳交心得報告。無奈之下，智骨只好翻開書本，從第一集開始看起。

很快地，智骨便沉浸於小說之中。

《超次元要塞》意外地好看。

故事精采有趣，角色個性十足，世界觀宏大完整，雖然有不少只有人類才懂的笑點，但並不會妨礙閱讀。智骨一本接一本地看下去，等到回過神來，窗外的天空已經完全變黑，克勞德甚至已經躺在床上呼呼大睡。

房裡沒有點燈，伸手不見五指，原來智骨在不知何時捨棄了視力，以靈魂感知的方式看小說，連他都沒發現自己是何時這麼做的。

智骨一邊驚歎《超次元要塞》的可怕魅力，一邊忍不住繼續看下去。直到天色微亮，他才讀完最後一本小說。

……人界的偶像明星都是怪物啊。

這是智骨看完小說之後的第一個感想。

《超次元要塞》的每一部主角都能用歌聲發動超廣域精神攻擊，削減敵人鬥志，同時強化我方士氣，而且無法用物理或魔法手段加以抵抗，簡直就是犯規般的絕技，更別提他們還有在戰場上進行表演的膽量與體能了。特別是第三部主角，竟然每一次都直接闖入戰場中心唱歌，而且從未負傷，身手高強得令人難以置信。

要是人界真有這種偶像明星，我軍恐怕必敗無疑……幸好這只是小說……

抱著這樣的想法，智骨在睏意的牽引下沉沉睡去。

💀💀💀

復仇之劍要塞司令部的會議室裡，如同平常一樣響起了激烈的爭吵聲。

「愚蠢的矮子！你出生的時候，把腦子跟卵蛋都留在老媽肚子裡了吧！」

「蠢的人是你，笨貓！你脖子頂著的那玩意兒只能用來戴帽子嗎？」

伴隨著侮辱性的謾罵，會議室裡傳出某些東西被砸碎的聲音，接著響起勸架與指責的言詞，最後會議室的大門被一名矮人猛然打開。

「夠了！我不想再跟那頭無腦蠢貓說話！」

軍事委員波魯多．火鎚拋下這句話後便踏著氣憤的步伐走了。一名人類男子也跟著離開會議室，口中喊著：「等等，別那麼激動！」、「有事好商量嘛！」之類的話語。這名人類男子名叫阿提莫．梵．薩米卡隆，是復仇之劍要塞軍事委員會的人類代表。

門口的兩名衛兵裝作什麼也看不見、什麼也聽不見，猶如雕像般筆直地站著。其中一名衛兵以眼角餘光見到會議室內一片狼藉，地上滿是文件與茶具碎片，厚重的會議長桌甚至裂成了兩半，剩下的三名軍事委員中，獸人代表豪閃．烈風不斷地咆哮，精靈代表克莉絲蒂．星葉雙手抱胸冷眼旁觀，侏儒代表巴托什麼什麼的，則是滿面笑容附和著豪閃。

又是這樣。這名衛兵心中暗嘆。

最近這陣子的軍事委員會例行會議，每次都是像今天這樣收場。至於引發爭執的內容，永遠都是「要不要出兵攻打魔界軍」這個議題。

不只衛兵，幾乎整個司令部的人都知道，獸人代表豪閃．烈風主張出兵，矮人代表波魯多．火鎚則是反對的一方。由於其他三名軍事委員都沒有明確表態，因此吵架的主角只有豪閃與波魯多，且兩邊都是性格強硬、脾氣暴躁的人物，所以每次都吵到幾乎要打起來。

最後房間都是我們在收拾，麻煩克制一下吧……

衛兵暗暗抱怨。像司令部這種軍事重地，不可能允許軍人以外的人員出入，因此軍階較低的人員必須負責各式各樣的雜務。收拾會議室是眾所皆知的麻煩差事，因爲裡面的家具與物品非常昂貴，打掃之前必須先確認哪些東西是軍事委員弄壞的，否則事後很可能會要你賠償。

不久後，克莉絲蒂．星葉也離開了會議室，接著是豪閃．烈風，巴托什麼什麼的最後離開，臨走前不忘拋下一句：「把裡面收拾乾淨。」

「豪閃‧烈風今天的脾氣似乎特別大啊，他看起來差點要動手了。」

阿提莫一邊端著酒杯，一邊對剛才的會議發出感嘆。坐在對面沙發的波魯多冷哼一聲，仰頭將杯裡的紅酒喝乾，然後抹了抹鬍子說道：

「那正好！我早就想拿鎚子打爛他那張臉了！」

「別鬧了，他可是劍聖。在掏出鎚子之前，你的手會先被砍斷。」

「劍聖又怎樣？打架不是名頭響亮的人就會贏。」

「會贏哦。那可是劍聖。」

阿提莫毫不猶豫地反駁矮人。

劍聖。

獸人之國最強戰士的稱號，僅賜予能夠通過武神塔最高試煉的強者。包括豪閃‧烈風在內，目前擁有劍聖頭銜的獸人只有三個，人人皆是一騎當千，能夠獨力扭轉戰局的強者。其中一名劍聖甚至曾經突破重圍，與魔界軍軍團長一對一正面單挑過，最後不分勝負。

波魯多也是實力堅強的豪傑，但與身為劍聖的豪閃相比，雙方之間的差距有如大人與小孩。復仇之劍五名軍事委員裡，豪閃是當之無愧的最強。

「哦呵？因為他是劍聖，所以就要聽他的話？」

「我沒這麼說，只是勸你以後有點分寸，別真的惹他發火。」

「哼，要是真打起來，最後下場淒慘的還不知道是誰咧。」

「前提是豪閃先動手吧。」

阿提莫知道波魯多的自信來源為何。軍事委員會本身就是人界五國的勢力縮影，為了不讓某一特定國家掌握過大權力，因此才會設立這種互相牽制的指揮系統。如果有人妄用武力，很容易會被解讀成企圖染指軍隊指揮權的試探與挑釁，其他國家絕不會置之不理。哪怕此人是王室貴族，也可能會被送上斷頭台以平息眾怒。

波魯多懂得利用這個制度對抗豪閃，便代表他的心思並不像外表那樣粗放；豪閃至今仍沒有動手痛扁波魯多，同樣證明了他並非那種腦袋裡面只想著戰鬥的肌肉白痴。

「小心點，豪閃這傢伙不簡單，就算不能親自動手，也可以私下做些什麼，讓你麻煩纏身。要是我就會這麼做。還是別太刺激他比較好。」

阿提莫繼續勸說，他可不希望波魯多被獸人暗算。姑且不論私人交情，就算站在公務立場，波魯多也是他必須拉攏的對象。

「媽的，要是正義之怒還在我們手上，事情就不會這麼麻煩了。」

波魯多低聲抱怨，然後又灌了一大口酒。阿提莫聞言點了點頭。

「是啊……要是正義之怒還在我們手上就好了。」

「那群害要塞失陷的混帳，應該被扔進閃耀的熔爐裡面燒死！」

波魯多拉高了聲音說道，他漲紅的臉色並非酒精所致，而是因爲憤怒。

根據傳說，人界四大神之一的閃耀者創造了所有元素，矮人認爲那些元素都是閃耀者從熔爐中釋放出來的。「被閃耀的熔爐燒死」這句話，就跟「天譴」的意思差不多。

然而這句話其實還有另一個隱喻，那就是——惡徒沒有受到懲罰，只好期待神明給予制裁。

波魯多之所以期待天譴，正是因爲那些擅自挪用武器系統維持經費、導致正義之怒要塞陷落的歷屆指揮官們，竟然沒有一個人被追究責任！

「那些垃圾把事情搞成這樣，卻一點事也沒有！太不合理了！」

「畢竟這可是累積了四百年的舊帳。」

阿提莫邊說邊露出苦笑。

正義之怒要塞仍在人界軍手中時，要塞指揮官一職是由五大國輪流派人擔任的，四百年來，要塞指揮官至少換過五十位。和平時期，這個職位甚至被當作用來爲個人資歷鍍金的道具，連從未打過仗、握過劍的平庸貴族也能擔任。

挪用經費的要塞指揮官不只一位，要是認眞追究，恐怕五大國全都有份。由於牽涉人數實在太多，再加上那些人全都有權有勢，事情也就不了了之。

「算了，一提到這個，連酒都變難喝了！還是談點好玩的東西吧。」

波魯多中止了這個話題，順便開了第二瓶酒。

「什麼好玩的東西？」

「湯姆．歐普那傢伙啊，最近好像在準備很有趣的活動喲。」

阿提莫花了幾秒鐘才想起湯姆．歐普是誰。對方在他與波魯多共同出資的酒館擔任店長，是個不值一提的角色。讓他擔任店長是因爲波魯多的推薦，阿提莫懶得理會這種小事，所以也就同意了。

「什麼活動？」

「他打算辦一場大比賽，好像想弄一個偶像明星出來。」

「偶像明星嗎？」

阿提莫稍微提起了一點興趣。

在人界，偶像明星就像是一個地方的精神標誌。要判斷一座城市或一塊領地是否興盛，不能光看經濟與軍事實力，文化藝術也是不可或缺的一環。肥沃的土壤才能培育出優秀的花朵，只有足夠強大的城市或領地，才能誕生偶像明星。

「辦得成嗎？這座要塞才興建幾個月而已。」

「說不定哦，雖然成立時間短，但我們這裡不是也吸引了很多人才嗎？或許裡面就有好的種子。」

「偶像明星啊……」

阿提莫低聲呢喃，眼中閃過回憶的色彩。過了一會兒，他點頭說道：

「這是好事。」

「啊啊，失敗也無妨，但要是成功了，就代表這座要塞被我們治理得很好，這也是一份功績。」

「原來如此，你是在準備工程趕不上的退路？」

「沒辦法，上面給的工程期太短了。豪閃．烈風那傢伙也一直扯後腿，再加上之前又發生了那件事……時間跟人手完全不夠啊。」

波魯多用力嘆了一口氣。

波魯多口中的「那件事」，指的是不久前第一防線遭到攻擊的事件。事後的調查結果仍未出爐，目前眾人傾向那是魔界軍的試探，因此強化了防線的警戒等級與兵力。由於大量人手被抽調，嚴重影響本就已非常緊張的工程進度。

「說得也對，我們倆的情況跟其他人不一樣。要是工程來不及完成，一定會倒楣。」

阿提莫露出苦笑。

在外人眼中，復仇之劍要塞軍事委員會的五名軍事委員個個身分顯赫，但這個認知其實並不完全正確。

卡蘇曼僅有三位劍聖，豪閃．烈風便是其中之一；星葉乃是世界樹屈指可數的大貴族，而克莉絲蒂正是星葉家的長女；巴托據說是巴爾哈洛巴列哈斯的有力人士。這三人都是名符其實的尊貴人士，就算任務失敗，受到的懲處力道也不會太大。

阿提莫雖有王室血統，但實際上不怎麼受重視；波魯多是從基層一路往上爬的實幹派，缺乏有力的背景與人脈。跟其他三名軍事委員比起來，他們的立場就像是站在懸崖邊緣，一旦要塞無法如期完工，就會跌落深淵。

「我知道了。就全力支持吧，那個比賽。」

「啊啊，一定要讓它成功。」

阿提莫與波魯多互相碰了一下酒杯，然後將裡面的液體一飲而盡。

甜蜜拉拉的人設

甜蜜拉拉的人設大致上已經決定了，
但我後來發現，我們忘了最重要的部分。
你們覺得，甜蜜拉拉該穿什麼顏色的內衣褲？
那是根本沒有必要記住的部分！
苦惱…
熱情的紅色。
純潔的白色。
清爽的藍色。
接下來要決定款式了！
吵鬧—
性感一點比較好！
花紋是重點！
要不要加上吊帶襪？
吵鬧—
住手啊……！

03.
傳奇的誕生

「眞是抱歉！」

湯姆．歐普用力下跪，令智骨嚇了一大跳。

今天早上歐普又派人前往「擁抱勝利的黃金酒杯」傳話，說有重要的事要商量。智骨原以爲對方藥癮又犯了，沒想到才剛進辦公室，歐普就突然下跪道歉。

「宣傳不小心搞太大，連薩米卡隆大人與火鎚大人都知道了，他們說要當比賽裁判，沒辦法暗箱操作了。」

歐普一臉惶恐地解釋下跪原因，智骨聽完忍不住發出：「哈啊——？」

「軍事委員這麼閒嗎？竟然有空跑來當歌舞比賽的裁判？我們——呃，不，沒事。」

智骨原本想說「我們那裡絕對不會幹出這種事」，但一想到正義之怒要塞魔界駐軍過去的種種作爲，這句話怎麼也說不出口。某方面來說，他們那裡比這邊還要誇張。

不知是魔界軍原本的風氣就是如此，還是因爲在異界駐軍太久以致紀律敗壞，正義之怒要塞的魔界駐軍經常幹出一些令人啞口無言的事。每到星期日就會展開街頭大亂鬥、量產意外事故、上班時間不務正業、用官方名義舉辦奇怪的活動等等……相較之下，軍事委員當比賽裁判這種事其實沒什麼好稀罕的。

「沒辦法，這種意外誰也預料不到，起來吧。」

「非常感謝！我會盡力幫妳爭取更好的待遇，至少預選一定會通過。」

「預選？」

「哎，話題跳得太快了。請坐，我跟妳詳細解釋一下。」

兩人坐好後，歐普開始說明詳情。

由於阿提莫．梵．薩米卡隆與波魯多．火鎚的介入，比賽內容與規則有了大幅度的改變。參賽者不再限於瘋馬酒館的表演者們，而是對全要塞開放，任何人都可以報名。比賽分成預選與正賽，預選採審查形式，不對外公開，正賽會在軍事校場舉辦，由觀眾與裁判共同投票決定比賽結果。

比賽獎品也變得更加豪華。前三名都有獎金，而且冠軍的獎金高達三百枚黎明金幣，這筆錢已比得上某些領地的一年稅收。

正賽似乎還有特殊主題，但這方面的消息被兩位軍事委員牢牢封鎖，連歐普都打聽不到。他唯一能做到的，就是保證甜蜜拉拉無論如何都能通過預選，哪怕她當天表演得再爛也一樣。

「我知道了。正賽你就幫不上忙，是這個意思吧？」

「我、我會努力的！只是薩米卡隆大人與火鎚大人在場，太過明顯的作弊就……」

歐普越說越小聲，頭也越來越低。智骨無奈地搔了搔頭，事已至此，就算責備歐普也沒用，況且接下來還有他幫得上忙的地方。

「那就拜託你了。拿去吧。」

智骨把三個小瓶子放到桌上，歐普立刻撲了過去，視若珍寶地捧著它們。

「這是稀釋過的版本，效果沒那麼強。接下來不一定有機會見面，記得省一點。」

「好的、好的！一定、一定！」

歐普一邊拚命點頭，一邊用臉頰摩擦瓶子。智骨覺得歐普大概沒把自己的話聽進去，這傢伙的眼裡已經只有藥水了。

接著智骨回到旅店，把消息告知眾人。眾人聽完全都露出程度不一的憂慮神色。

「竟然臨時更改規則，卑鄙！」

「可惡，冠軍就這樣溜掉了啡！」

「這是濫用職權！人界實在太骯髒了！」

克勞德等人氣憤地抱怨，彷彿他們的努力與心血被人踐踏了一樣，不斷地喊著要上街抗議、要寫信投訴、要燒掉瘋馬酒館等等。智骨錯愕地看著他們，不明白爲什麼他們的反應會這麼大。

「……夠了。」

就在這時，黑穹舉手制止了他們。

「我理解你們的心情。遇到這種事，換成誰都會覺得不爽，我也是一樣。不過這裡畢竟是敵人的地盤，所以我們的做法必須低調一點。例如——」

黑穹一邊露出充滿危險氣息的美麗微笑，一邊壓低聲音說道：

「——在正賽開始前，把其他參賽者全部幹掉。」

「原來如此！」

「對啊，還有這招！」

「不愧是黑穹大人啡！」

眾人紛紛大聲稱讚，眞不愧是他們的上司，竟然能夠想出如此完美的計策！

這時智骨終於忍不住了。

「請等一下！你們是不是搞錯了什麼？根本不用做到那種程度吧！」

眾人不解地看著智骨。智骨輕咳一聲，然後說道：

「我們的目的不是從軍事委員身上套取情報嗎？就算拿到冠軍，也不一定能夠接近軍事委員，重點應該是想辦法讓他們對甜蜜拉拉感興趣，願意私下與她見面才對吧？」

克勞德等人先是愣了一會兒，接著同時把目光投向黑穹。智骨的話雖然乍聽之下很有道理，但決定它是否真有道理的權力在黑穹手上，階級社會就是如此的無情與無奈。

「……也對。我似乎興奮過頭，把目的跟手段弄混了。」

萬幸的是，黑穹是一頭明理的龍，她擁有理解建言的智慧，以及接納建言的器量。有些人會將錯誤的決定貫徹到底，目的只是爲了維護自己的顏面與自尊，這樣的人一旦坐上能夠影響他人生死的職位，帶來的後果往往是災難性的。

智骨聞言鬆了一口氣。要是黑穹真的跑去襲擊那些參賽者，在軍事委員已經介入的情況下，案件的調查力度恐怕會大得超乎想像，把他們揪出來是遲早的事。一個弄不好，就會演變成在敵人大本營裡遭到圍攻的可怕狀況，黑穹自己肯定沒事，但他們可就死定了。

「——不過，吸引軍事委員的注意與拿下冠軍，這兩件事並不衝突。」

就在智骨放心的下一秒，黑穹又接著開口說道。

「從今天開始，特訓內容加倍——不，三倍好了。我們要用壓倒性的實力打倒其他參賽者，奪得冠軍！聽到了嗎？」

「「「遵命！」」」

除了某位臉色蒼白的不死生物以外，其他人全部站直了身體大聲回答。

瘋馬酒館的偶像選拔賽很快就變成復仇之劍要塞的熱門話題，無論走到哪裡都可以聽到人們在議論比賽的事。明明身處最前線，卻沒多少人關心近在眼前的魔王軍，這種充滿既視感的情況令智骨感到莫名親切。

爲了提高效率，比賽的預選分成十個場地，審查的內容也很簡單，只要在三位評審面前表演就好，而且當場就會決定是否通過。

智骨被分到的審查地點是第一區，因爲歐普事前打點過，保證一定會通過，因此只有克勞德陪他一起來參加預選。

「你還好吧？」

克勞德對走在後面的智骨問道。

「有點……走不太動……」

已經化妝成甜蜜拉拉的智骨步履蹣跚，可愛的臉蛋流露難以掩飾的疲態。

不死生物沒有「體力」這種概念，驅使它們行動的能源是「魔力」。透過銘刻於靈魂內部的魔法陣，不死生物能夠吸收外界元素，並轉換成魔力。一旦魔力用盡，不死生物就無法行動。

不死生物不會感到疲憊，智骨之所以會露出那種表情，是因爲人化首飾映射了他的身體狀態——也就是魔力不足。

由於連續數天的高強度特訓，使得智骨的魔力消耗與補足速度無法平衡，此時他的魔力幾乎快要見底，就連走路都不太穩。因爲擔心遲到，克勞德只好揹著他趕往會場。

兩人抵達時，立刻被眼前盛況嚇了一跳。

審查會場的等待區站著好幾百人，男女皆有，老少兼備。不少人滿臉傷痕，渾身殺氣，一眼就能看出是久經沙場的戰士。

「……這樣的傢伙竟然來參加預選，難道他們也想成爲偶像明星嗎？」

智骨一臉不可思議地低聲呢喃。

「是因爲獎金很高的關係吧。反正不用交報名費，參加也不會損失什麼。如果運氣好進入前三名，就能大賺一筆……哼，他們也太小看偶像明星了，我敢用今天的晚餐打賭，這些傢伙一定會被淘汰。」

克勞德一邊摸著下巴，一邊說道。

就在智骨覺得克勞德說的很有道理時，一名獸人男子從審查房間走了出來，一邊大笑，一邊喊著：「通過了！通過了！」

獸人男子體格高大，長相凶狠，肩上扛著巨劍，怎麼看都像是戰士。智骨轉頭看著克勞德。

「……或許他眞的有唱歌的才能吧，偶爾也會有這樣的例子。你聽，他的聲音還挺渾厚的。」

就在智骨覺得克勞德說的有道理時，一名侏儒女子從審查房間走了出來，一邊大笑，一邊喊著：「通過了！通過了！」

侏儒女子的聲音又尖又細，怎樣都說不上好聽，於是智骨再次轉頭看向克勞德。

「……或、或許她的舞蹈很厲害吧，偶爾也會有這樣的例子。你看，她的動作還挺輕盈的。」

就在智骨覺得克勞德說的有道理時，一名人類男子從審查房間走了出來，一邊大笑，一邊喊著：「通過了！通過了！」

人類男子不只聲音難聽，右腳還是木製義肢，走起路來一頓一頓的，看起來完全不是跳舞的料，於是智骨又一次轉頭看向克勞德。

「……或許他收買了審查員，偶爾也會有這樣的例子。」

「好了，已經夠了。」

智骨溫柔地拍了拍克勞德的肩膀，要他別再費心找理由，同時心中也對這場偶像選拔賽不抱任何期待。會選出這樣的參賽者，怎麼可能辦得出正經的比賽？

每位參賽者在報名時都會得到一張號碼牌，審查會場外面擺著一個大看板，上面寫著「二〇〇－二五〇」，用來顯示審查進度。雖然沒有規定選手一定要在現場等候審查，但要是輪到自己的號碼時卻沒有出現，就會被取消資格。按照現場人數，審查時間至少要花上十二個小時。

智骨手中有一張歐普預先給他的特殊號碼牌，他按照歐普的囑咐，把特殊號碼牌交給審查會場外面的守衛。守衛看到號碼牌之後先是愣了一下，然後一邊把號碼牌還給智骨，一邊低聲說道：

「去隊伍尾端，進去之後把號碼牌交給評審。」

智骨乖乖照做，一個小時後，他在連歌都不用唱的情況下就通過了預選。

因爲參賽人數超乎預期，預選足足花了三天才搞定。在評審們幾乎快要嘔血的努力下，最後選出了五十三人。

正賽時間就在預選結束的後天，早上十點開始，選手必須提早兩個小時到場準備。

每位選手都有專屬的休息室，雖然只是一個窄小的房間，但也可以看出主辦單位對於選手的尊重。只有選手本人可以進入後台，不允許任何人陪同。

比賽場地是一座巨大的圓形擂台，觀眾席上坐滿了人，現場充斥著熱氣與喧譁聲。

推著小車子販賣冰涼飲料的工作人員滿場跑，哪怕價格比外面貴上一倍，東西依然供不應求。

黑穹等人坐在觀眾席上，一邊享用飲料與小吃，一邊翻閱選手簡介。這本簡介售價一枚神聖黎明銀幣，這個數字是正常家庭辛勤工作一個月的收入，但不少觀眾人手一本。

「唔，我覺得智骨、不，是甜蜜拉拉的贏面很大。」

「您說的沒錯。屬下的化妝術完美無缺，智骨、不，是甜蜜拉拉的容貌擁有壓倒性優勢。光看臉的話，只有幾個比較有威脅。像這個精靈，還有這個人類。」

「不不，歌唱得好不好才是重點。不過有我寫的歌，只要智骨、不，是甜蜜拉拉好好唱，一定可以獲勝。」

「別小看舞蹈的魅力啊，你這頭蠻牛啡。呆呆站在原地唱歌，跟一邊跳舞一邊唱歌，視覺上的衝擊可是完全不同的啡！有我精心編排的舞蹈，智骨、不，是甜蜜拉拉的表演肯定驚艷全場啡。」

明明比賽還沒開始，金風、克勞德與菲利就已經急著爭功。黑穹先是點了點頭，然後說道：

「如果沒有得到冠軍的話——」

「表示智骨不夠努力！」

「那鐵定是智骨的問題！」

「毫無疑問，智骨表現失常啡！」

三人毫不猶豫地回答，黑穹不置可否地哦了一聲。就在這時，有一名侏儒走進了比賽場，他穿著華麗，手中拿著擴音棒，看起來應該是主持人或司儀之類的角色。

「各位！歡迎蒞臨復仇之劍要塞第一屆偶像選拔賽！」

侏儒拿著擴音棒開口說道。在魔法道具的幫助下，他的聲音瞬間蓋住吵雜的觀眾。

「時間寶貴，無聊的、無趣的、無益的、無謂的廢話我就不多說了。想必大家也不是爲了我才特地花錢買票來這裡。雖然我是一個聰明、機智、帥氣、親切、有魅力、有氣質的侏儒，但跟接下來要介紹給大家的那些人相比，我的這些優點完全不值一提。」

觀眾席上響起陣陣笑聲。侏儒露出滿意的笑容，接著深吸一口氣。

「現在——選手入場！」

場地中央突然冒出白煙，半空也爆出五彩繽紛的閃光，引起了觀眾們的驚呼。當白煙與閃光消失之後，比賽場上突然多出一大群人。見到這一幕，觀眾席頓時沸騰。

「唔哦哦哦——！是艾緹！」

「蘇西！我的愛！」

「哇啊啊啊啊啊！夏拉曼達！」

「甜蜜拉拉！甜蜜拉拉！」

觀眾高喊選手們的名字，他們的聲音太過巨大，讓整座比賽場爲之震動。主持人沒有阻止觀眾，讓他們盡情地宣洩情緒。

站著賽場中央的選手沐浴著觀眾的喝采，他們個個臉色通紅、神色激動。這也難怪，正常人一生中有幾次可以遇到這樣的場面？在這種情況還能保持冷靜的選手，恐怕寥寥無幾。

智骨就是那少數人之一。

相較於其他選手的興奮，此時的他只感到不安。

這場開幕式事前沒有任何排練或說明，工作人員什麼話也沒說，就把他們從休息室趕上場，這種做法實在有悖常理，他總覺得主辦單位似乎想做什麼很不妙的事情。

接下來的發展，證實了智骨的猜測是正確的。

等到觀眾席的音量稍微降低，主持人看準時機，拿起擴音棒繼續主持。

「大家都知道，要成爲頂尖的偶像明星必須具備與眾不同的個人特色，而每一位偶像明星的個人特色，都與他正式出道的城市風格脫不了關係。復仇之劍要塞位於最前線，既然想從我們這裡出道，自然不能太過軟弱。戰鬥力！戰鬥力！戰鬥力！我們追求的是擁有戰鬥力、能唱能跳又能打、文武全才的偶像明星！」

說到這裡時，主持人彷彿在醞釀氣氛般地頓了一下，然後拉高聲音喊道：

「所以這場比賽的主題是——『歌舞格鬥』！」

比賽場瞬間安靜下來。

數秒後——雷鳴般的歡呼炸裂了。

如果是在正常城市，這種比賽主題只會讓人感到莫名其妙，但這裡是復仇之劍要塞，一個聚集了大量軍人與傭兵的地方，這樣的比賽主題正合他們胃口。只能說主辦單位太過狡猾，完全抓住了要塞居民的弱點。

主持人緊接著說明比賽內容。

比賽分爲上半場與下半場。上半場要求每位選手在擂台上打敗災獸，而且不能只是單純的打鬥廝殺，必須具備觀賞性，將自己的歌舞表演融入其中。至於下半場的比賽內容，就是讓通過上半場比賽的選手在擂台上展開大亂鬥。

主辦單位會提供武器與樂器，但不提供除了擴音棒以外的魔法道具，此外不禁止任何手段，畢竟戰鬥中什麼事都有可能發生。

聽完主持人的說明後，智骨整個呆住了，同時有半數以上的選手表情驚恐、臉色蒼白。

這些選手會有這樣的表現其實很正常。雖然偶像明星是吟遊詩人的進階職業，但吟遊詩人也分爲戰鬥型與娛樂型兩種路線，兩者的戰鬥力天差地遠。而且就算是戰鬥型，吟遊詩人也算是魔法師的一種分支，在沒有前衛支援的情況下，想要獨力打敗災獸非常困難。

「請各位觀眾與選手放心，要是遇到危險，我們會立刻出手救援。受傷也能得到救治，哪怕斷手斷腳也救得回來。我們可以保證，比賽最多見血，不會死人！」

主持人的話才剛說完，立刻有一半的選手宣布棄權。這些棄權者以背部承受著大量噓聲，匆忙地逃離會場。

「哼哼，一群傻瓜。這只是噱頭而已。戰鬥本來就不是我們的專長，要是我們都被淘汰，這場比賽怎麼辦？等著看吧，我們要對付的，一定是什麼中看不中用的災獸。」

某個沒棄權的選手低聲說道，不少選手跟著點頭。

就在這時，主持人又拿起擴音棒說話了。

「各位觀眾，現在讓我爲你們介紹選手將要挑戰的災獸——殺戮熊！」

工作人員推出了一個巨大鐵籠，裡面關著一頭身高超過兩公尺的可怕生物。

「請看！那雄壯的身體！那堅韌的毛皮！那鋒利的爪子！那凶殘的眼神！這絕對是一頭上等的殺戮熊！我們準備了充足的數量，絕對不會讓同一頭殺戮熊與選手車輪戰，充分保證比賽的公平性！」

於是又有將近一半的人棄權了。他們同樣揹負著大量噓聲，匆忙地逃離會場。

其實智骨也很想棄權，但在上司與同僚那充滿鼓勵之意——其中還摻雜了明顯殺氣——的眼神注視下，他還是勇敢地留了下來。

最後，參與比賽的選手總計十三人。

考慮到比賽內容與參賽後果，這個數字可說意外地多。同時從另一角度來看，這些人全是有信心獨力打倒殺戮熊的強者。

在人界已知的災獸中，殺戮熊屬於較低等的類型。顧名思義，牠是一種因爲元素失衡而突變的熊，耐力、攻擊力或防禦力都比突變前強化數倍之多。單論肉體能力，殺戮熊其實已經接近中階災獸的水準，但因爲牠不會使役元素，而且智力低下，所以對付起來不算太難。

然而，所謂的戰鬥經常伴隨著意外。

只要一個失手或是判斷錯誤，勝負的天平就會出現傾斜，光用一招便完全逆轉戰局也是很常見的事。壓力與緊張就像是看不見的惡魔，會不斷拉扯交戰雙方的手腳與心思，使其失誤。即便是經驗豐富的戰士，也不敢保證自己的判斷永遠正確。

在眾所期待的氣氛下，第一位選手上場了。

「啊，是那傢伙。」

克勞德認出了對方。那是一名身材雄壯、肩扛巨劍的獸人男子。

「你認識？」黑穹問道。

「是的，在預選會場上見過。」

「歌舞水準怎麼樣？」

「……抱歉，屬下不知道。預選是在獨立房間進行的。」

「是哦。嘛，無所謂，等一下就知道了。應該可以有一場好比賽。」

黑穹一眼看穿獸人男子與殺戮熊的實力，說出了有如預言般的話語。

就如同黑穹預料的一樣，接下來的戰鬥十分精采。

獸人男子的戰鬥方式是將擴音棒綁在胸口，一邊唱著雄壯的歌曲，一邊用巨劍砍殺災獸。獸人男子的劍術很有節奏感，而且步法精湛，總是在千鈞一髮之際閃過殺戮熊的攻擊，並且反過來重創對方。

「哦哦哦哦！竟然是劍舞術！」

「太幸運了！沒想到能在這種地方看到這種特殊劍術！」

觀眾席上不乏見識淵博之人，立即有人看穿獸人男子的底細。

劍舞術並非舞蹈，而是一種實戰劍術，特點在於利用奇妙的肢體動作與節奏感擾亂敵人，如果配合歌聲一起使用，干擾作用會變得更強，但因爲難以學習，所以懂的人並不多。

獸人男子顯然是劍舞術的高手，殺戮熊很快就倒臥在血泊之中，成功晉級決賽。

獸人男子在觀眾的歡呼聲中下台，然而接下來的比賽卻開始變得乏味。

第二、第三與第四位選手的戰術都是先拉開距離，再以魔法攻擊殺戮熊，然而他們不是魔法威力不足，就是因爲太過緊張而失誤，一下就被殺戮熊打得血肉橫飛，工作人員救下後才保住性命。雖然打得難看，但因爲血腥的刺激，觀眾的熱情仍然不減。

在那之後，一名不遜於獸人男子的強力選手登場了。

那是一個侏儒女子，克勞德同樣在預選會場上見過對方。她的戰鬥方式是請主辦單位播放音樂，一邊跳舞一邊用短劍發起攻擊。乍看之下很像獸人男子的劍舞術，但仔細觀察還是能發現許多不同。

「不會吧……是舞殺術！」

「我靠！竟然眞的有人會這個！」

有些見聞極廣的觀眾認出了侏儒女子的技法，並且大吃一驚。

舞殺術嚴格說來並非劍術，而是暗殺術，據說起源來自貴族，他們從小就培訓刺客，傳授暗殺與歌舞方面的技能，以便在宴會上表演時進行刺殺，後來這套技術流傳了出去。

因爲是暗殺術，所以招式重視隱蔽與突擊，不適合正面對決。但因爲殺戮熊智力低下，很容易被誘導，因此侏儒女子最後還是打贏了。雖然花的時間比獸人男子多了數倍，但勝利就是勝利，侏儒女子同樣收獲了大量喝采。

接下來是一位中年男子抱著七弦琴上場，他的右腳是義肢，就連走路的動作都不太流暢。觀眾見狀不禁傻眼，心中全都浮現同一個念頭：這要怎麼打？

答案很快揭曉。

原來中年男子的七弦琴是魔法道具，彈奏時可以製造出衝擊波。他就這樣把擴音棒吊在胸前，一邊唱歌，一邊施放遠程攻擊，慢慢地耗死殺戮熊。

中年男子的七弦琴是他自己的私人物品，再加上主辦單位不禁止任何手段，因此並不算違規。雖然借用了魔法道具的力量，但觀眾還是爲中年男子送上掌聲。

在那之後，四人連續遭到淘汰，第五人上場時，觀眾席出現些微的騷動。

「加油啊！蘇西！」

「蘇西必勝！」

許多觀眾從一開始就賣力聲援，這份待遇與先前的選手截然不同。

蘇西．卡珊，瘋馬酒館的台柱之一，同時也是瘋馬酒館出身的選手裡，唯一撐到現在的人。

事實上，瘋馬酒館有好幾位選手參加比賽，而且統統通過了預選，但在主持人公布正賽規則後，他們全都當場棄權。就某方面來說，這是個明智的決定，他們是優秀的表演者，不是戰士，沒必要勉強自己挑戰不擅長的東西，以致露出醜態。

觀眾席上有著大批瘋馬酒館支持者，他們對於那些選手的決定自然感到失望，雖然理智上可以理解，但情感上無法接受。正因如此，蘇西選擇留下來後，所有瘋馬酒館支持者的期待自然全部轉到她身上。就算落敗了，這份人氣也不會輕易消散。

何況蘇西沒有讓支持者們失望，漂亮地勝利了。

雖然從那艷麗的外表很難看出來，但在成為瘋馬酒館的表演者之前，她其實是某個傭兵團的主力成員。她先以向主辦單位要來的誘魔粉引開殺戮熊的注意力，然後吟唱魔法使其失明，接著一邊用歌聲誘導對手，一邊揮劍砍殺，成功晉級決賽。

蘇西擄獲了開賽以來最爲熱烈的掌聲與喝采，原本就是人氣選手，如今又展現出優秀的戰術頭腦與實力，會有如此情況也是理所當然。即使蘇西下場了，觀眾們依舊不斷談論著她，儼然已將她視爲優勝候補。

但這樣的情況在下一位選手登場後，很快停止。

那是一名戴著面具的選手，腰間佩劍，穿著普通。外表平庸的他，卻在比賽開始後的三秒內，做出了令所有人大吃一驚的事。

比賽鐘聲一響，殺戮熊從鐵籠裡衝了出來，面對滿懷殺意撲向自己的災獸，面具選手完全沒有拔劍的意思，而是好整以暇地拿起擴音棒，看似準備唱歌。

這一刻，觀眾們彷彿已經可以見到面具選手渾身染血的模樣。

面具選手與殺戮熊之間的距離只有短短十公尺，殺戮熊只需三秒左右就能衝到對方面前，屆時面具選手恐怕連一句咒文都唱不完。面具選手顯然沒有戰鬥經驗，才會做出這種比菜鳥還不如的應對，之前那些被淘汰的選手好歹會拔出武器讓殺戮熊心生忌憚，面具選手卻連這點基本常識都沒有。

然而當面具選手發出聲音的下一秒，異變陡生！

一股魔力以面具選手爲中心向四周噴發，同時他的前方突然出現了一頭巨大猛虎。

殺戮熊被突如其來的變故嚇了一跳，連忙停止衝刺，擺出戒備的架勢。

被嚇到的不只殺戮熊，還有觀眾。

「什麼？那是什麼？他做了什麼？」

「召喚術？這麼短的時間？」

「無詠唱？不可能！」

「那傢伙難道是十五級魔法師嗎？」

驚愕的浪潮席捲觀眾席，在場觀眾大多是傭兵與軍人，多少具備一點關於魔法的粗淺常識，因此才知道面具選手此時所做的事究竟有多不可思議。

施展魔法須詠唱咒文，這是絕對不變的規則。

魔法師能夠利用一些特殊手段縮短詠唱時間，如果是那些魔法等級超過十級以上的一流高手，確實可以做到時間極短的魔法詠唱，十五級魔法師更是能夠放出乍看之下有如瞬間發動的魔法。但是那樣的強者怎麼可能會來參加這種比賽？

「是極限共鳴！那傢伙跟擴音棒達成極限共鳴！」

最後還是有識貨的觀眾看穿了眞相。

造成這種現象的原因，正是因爲面具怪人手中的魔法道具——擴音棒。

魔法道具這種東西只要注入魔力就能發動，因此理論上不論是誰使用，效果都是一樣的。然而有時也會出現例外，若是使用者操作技術極好，就能讓魔法道具發揮出接近極限，甚至是極限之上的性能。

同樣一把劍，在一般人手上只能砍斷木頭，高手使用卻能斬斷鋼鐵，魔法道具也會出現這種情況。像這種激發出魔法道具極限性能的現象，就叫作極限共鳴。

擴音棒的原理是利用魔力放大聲音，但有人卻能做到讓擴音棒放出聲音以外的東西，也就是魔力形成的幻象。

雖說是幻象，但因爲是以魔力形成，所以具有殺傷力。嚴格說來，這就像是魔法師直接放出魔力攻擊敵人一樣，雖然威力不強，但只要打中要害，同樣足以致人於死。

至於擴音棒放出的魔力幻象會是什麼內容，則根據使用者的情緒與性格來決定，相當唯心論，所以也被稱爲「幻景心音」。據說超一流的偶像明星都能做到這種事，反過來說，若是無法與擴音棒達成極限共鳴、放出幻景心音，就不配被稱爲超一流。

……就在好事的觀眾進行解說的過程中，面具怪人華麗地獲勝了。殺戮熊剛好在一首歌唱完的時候才倒下，顯然是刻意計算的結果。

在連比賽場都爲之搖撼的歡呼聲中，面具怪人瀟灑下台。在絕大部分的觀眾眼裡，冠軍已經出現了。

比賽仍在繼續。

「……看來等一下輪到我們出手了。」

正當觀眾們欣賞比賽時，黑穹則是跟部下們討論更加嚴肅的問題。

「您說的沒錯，智骨絕對搞不定那頭熊。」

「那傢伙不擅長近身戰。只要被打中一下，他的眞面目馬上就會曝光。」

「偏偏次元口袋在我們這裡，不然就可以使用裡面的魔法道具了。」

克勞德等人對於黑穹的意見表示贊同。殺戮熊比想像中更難對付，在他們看來，智骨要是不暴露身分，絕對沒有勝算。

「啊啊，能不能拿冠軍已經不重要了。現在的重點是，如何不引人懷疑地讓智骨脫身。你們有什麼點子嗎？」

「要他上台之後立刻棄權不就好了？」

「你要怎麼傳達棄權的指示？」

「用力大喊——不行，太顯眼了。」

「比手勢的話……也要他剛好朝我們這邊看過來才行啡。」

不管怎麼想，要暗中傳達指示根本不可能，因此黑穹決定反其道而行。

「到時你們直接衝上去吧。只要自稱甜蜜拉拉的狂熱支持者，不忍心見到甜蜜拉拉受傷就好。」

克勞德等人點了點頭。比賽禁止觀眾攜帶武器，因此他們全是空手前來——更正確的說法，武器全部藏在黑穹身上的次元口袋裡。當然，他們不可能取出武器，但以他們的實力，就算徒手也能擋下殺戮熊。

黑穹等人商討之際，比賽也已經接近尾聲。不知是幸還是不幸，智骨被排在最後一個上場。

甜蜜拉拉登場時，觀眾席上有多處傳出了嘆息。

並非因爲輕視，而是不忍心見到年輕女孩受傷流血。此時的甜蜜拉拉除了擴音棒外沒有任何武器，看起來完全就像是一位可愛的柔弱少女。當初蘇西上台時至少還換上了方便行動的長褲，甜蜜拉拉穿的卻是使用了大量蕾絲的蓬鬆短裙。

「應該會棄權吧？」——有半數觀眾如此猜測。

「這女的根本沒搞清楚狀況！」——另一半的觀眾則是這麼想的。

沒人認爲甜蜜拉拉能夠取得勝利，就連黑穹他們也這樣認爲。

因此——接下來發生的事情，才會如此具有衝擊性。

當殺戮熊跑出鐵籠後，甜蜜拉拉竟然瞬間出現在殺戮熊身後，一腳踢中後腦，將牠打趴在地！

緊接著甜蜜拉拉開始唱歌。只見她一邊跟著歌曲的節拍，一邊狂揍殺戮熊。甜蜜拉拉展現出與她那嬌小身軀完全不符的可怕力量，每一擊都給殺戮熊帶來了巨大的傷害。

觀眾們沉默地看著這一幕，眼前的畫面太過超現實，以致於他們不知道該做出什麼反應。

「我知道了！她在上台前就對自己用了魔法！」

最後終於有觀眾看穿了真相。

是的，這場比賽不禁止任何手段——所以選手在上台前用魔法強化自己，此事完全合乎規則！

智骨在上台前就把他會的強化魔法全部對自己施展了一遍，不只力量與速度大幅提升，每一擊還附帶複數的元素傷害，而且更蘊藏著麻痺、中毒與體力吸收等負面效果，因此殺戮熊才會被打得毫無還手之力。

甜蜜拉拉的戰術說起來簡單，但絕非任何人都能做到。

學習新法術相當耗費時間與精力，因此一般的魔法師只會學習兩、三種比較派得上用場的強化魔法。事實上，「附帶元素傷害」算是冷門法術，很少有魔法師願意學習，但此時的甜蜜拉拉，光是元素傷害就附加了四種！

「這女的究竟給自己套了多少強化魔法？」

「七、八……九種嗎？」

「絕對不只！至少十二種！」

「她究竟會多少魔法？」

「天才啊……」

「是蠢才吧？有誰沒事會去學這麼多強化魔法？」

「沒錯，花同樣的時間，可以學到更多更有用的法術。」

「可是現在確實派上用場了啊！」

「這、這個嘛……是這樣沒錯……可是……」

就在觀眾們熱烈的議論聲中，甜蜜拉拉漂亮地打倒了災獸，順利晉級。

如果從上空俯瞰，比賽場就像是個圓形的碗。以最底層的比賽擂台為中心，四周一層一層地逐漸往上疊高。最外圍的觀眾席距離擂台最遠，票價自然最便宜，至於最靠近擂台的位置，則是有錢也買不到的特等席。

坐在第一層觀眾席的客人，大多與軍事委員會有關係，也是這座要塞裡距離權力核心最近的一群人，其中包括了克拉蒂・星葉。

克拉蒂的姊姊——軍事委員之一的克莉絲蒂・星葉——並沒有來，因此帳篷裡只有克拉蒂與另一名精靈男子。

「莫拉，你覺得最後誰會贏？」

克拉蒂坐在寬大柔軟的沙發上，一邊啜飲果汁，一邊問道。

「不知道。決賽採用亂鬥模式，變數太多，什麼事都有可能發生。」

站在克拉蒂旁邊的精靈男子回答道，此人正是莫拉．霧風。他沒有像往常一樣穿著軍裝，而是換上了皮甲，腰間佩劍，看起來彷彿是克拉蒂的護衛——雖然就某種意義上本就是如此。

莫拉的答案很合理，但也無趣至極。克拉蒂放下杯子，拿起了參賽者簡介。

「要說表演才能，面具人肯定是最強的，畢竟他連幻景心音都會用。可是決戰的對手不是災獸，而是以人爲對手，幻景心音能有多少作用就很難說了。純論戰鬥力，獸人應該是最強的吧？如果其他選手腦袋清楚，就應該先聯合起來圍攻他，可是這種臨時組建的同盟，反而容易妨礙各人發揮實力……」

因爲很閒，所以克拉蒂開始分析決賽可能出現的情況。上半場與下半場之間有一小時的空檔，選手可以趁這個時候休息，觀眾也可以去解決生理需求或下注。

主辦單位很貼心——或者說是很無恥——地公然販售彩券，比賽場的入口大廳此時已被搶購彩券的觀眾們擠爆了。如果主辦單位故意將比賽日期拖到明天，並且把彩券客群擴大到全要塞，其利潤簡直難以想像，可惜因爲其他軍事委員反對，所以只能做到這種程度。

莫拉看似在聆聽克拉蒂的分析，其實注意力一直放在外面。他的目光緊盯著外面的某頂帳篷，那是裁判專用的帳篷，波魯多・火鎚跟阿提莫・梵・薩米卡隆就在裡面。

帳篷是用特殊材質製作的，能夠有效抵擋刀箭與火焰，而且附上了多種防禦魔法。帳篷附近站著十幾名全副武裝的士兵，從他們的站姿與散發出來的氣息，可以看出皆是高手。

比賽裁判其實不只波魯多與阿提莫兩人，只是他們的帳篷在另一個位置，待遇則是另一個次元。

這種警備等級是怎麼回事？看個比賽而已，有必要這麼誇張嗎？

莫拉忍不住在心中咂舌。對方的食物與酒水都自行攜帶，根本沒有機會下毒。至於製造騷動，趁場面混亂之際接近目標的想法更是行不通。他曾想過埋藏爆炸物，但會場在比賽辦法公布當天就遭到封鎖，根本無法接近。

警備措施的確很完美，可惜啊……

不過莫拉還是想到了辦法，說起來這還得歸功於克拉蒂，因爲負責照顧對方，克莉絲蒂偶爾會把他叫過去問話，他趁機從對方口中得到一些關於比賽的隱密消息，找到了暗殺阿提莫的方法。

擔任克拉蒂的護衛是個討厭的工作，但他卻從中找到了完成組織任務的方法，不得不說是種諷刺。**所謂的人生，還眞是不知道會發生什麼事吶。**他心想。

「——莫拉，你覺得呢？」

克拉蒂的聲音將莫拉從感慨中拉了回來。即使根本沒有注意對方說了什麼，他還是冷靜地點了點頭。

「是的，我覺得您說的沒錯。」

萬用的答案。不管對方問了什麼，如此回答絕對不會出什麼大錯。

「是嗎？專精與泛用性，後者的優勢果然比較大對吧？我也是從那個名叫智骨的修行者身上學到的。可是姊姊一直說那是錯的，還說泛用性要是這麼有用，大家早就這麼做了。」

克拉蒂聞言先是高興了下，然後又一臉不忿地說道。莫拉一開始不知道克拉蒂究竟在講什麼，但聽到「智骨」、「修行者」這兩個字眼，立刻意會到對方是在講有關魔法學習路線的議題。

魔法師生命有限，而魔法的世界浩瀚無涯，哪怕是壽命相對較長的精靈，終其一生能夠學會的魔法也不到三位數。跟數量成千上萬——而且至今仍在不斷增加——的魔法術式比起來，魔法師能夠掌握的東西實在太少了。

正因魔法這個領域太過龐大，魔法師才會被迫做出選擇，朝某個特定路線學習與發展，正是所謂的專精。什麼都會的魔法師，其實也意味著什麼都不夠好，在現今的人界魔法體系，高度比廣度更加重要。

「追求魔法泛用性」這種荒謬的事情，恐怕只有不死生物那種沒有壽命限制的存在才能實現吧。

莫拉也是如此認爲，但話已經說出去了，總不能立刻改口說「其實妳是錯的」吧？但要是不糾正，要是以後她在別人面前說出「莫拉也贊成魔法師應該重視泛用性」這種話的話，他的評價可是會下跌的。

「……二小姐，其實大小姐說的也有道理。泛用性雖然重要，但不是絕對必要。一個人能做到的事情有限，但集合多人的力量，就能完成更多事情。十個專精型魔法師，絕對比十個泛用型魔法師更派得上用場。只有必須單打獨鬥、沒有朋友支持、遠離社會的魔法師，才會追求泛用性。」

莫拉用字數增加二十倍的方式，把「其實妳是錯的」這句話迂迴地表達出來。

「你說的這個我也懂，可是那只是理想論吧。世事難以預料，所以大家才不敢徹底走上專精的道路。就算是你，肯定也學過一些跟工作無關的魔法吧？不是因爲興趣，而是爲了某一天可能碰到的意外。」

「……我不否認。」

莫拉私下學習了不少植物系魔法，這是爲了讓自己被識破身分時，可以躲到無人的荒野自力更生。如果是軍人，根本沒必要學習這類法術。

「對吧對吧？剛才那個甜蜜拉拉也是一樣，要是她像普通表演者那樣專精於音樂系魔法，肯定打不過殺戮熊。專精不是不好，但我覺得大家應該更重視泛用性才對。要是以後我當上護木者或牧樹者，我一定要大力推廣這個方案！」

克拉蒂興致勃勃地說道，莫拉聽得眼角一陣抽搐。

若替換成人類世界的概念，克拉蒂口中的護木者等同於大將軍，牧樹者則是宰相。雖然乍聽之下像是孩童的夢話，但這眞有可能發生。星葉一族乃是世界樹的名門，過去也曾有人當過護木者與牧樹者，若對方有意，拿下那兩個位子之一的機率絕非爲零。

要是那一天眞的到來，害世界樹變衰弱的話，都是那個智骨的錯！那傢伙最好早點去死！

莫拉忍不住開始擔心起世界樹的未來，並且詛咒智骨。正是因爲那個不知從哪冒出來的奇怪修行者，他之前的任務才會失敗。

在上次的第一防線騷動中，智骨與他的修行者同伴們以身爲餌引開了災獸，然後雙方一起莫名失蹤。復仇之劍要塞調查事件時，也將智骨等人視爲重要證人，可惜一直無法找到他們。

「對了，莫拉，你有智骨他們的消息嗎？」

就在這時，克拉蒂像是感應到莫拉的想法一樣開口問道。

「……沒有。」

「是嗎……他們也需要補給，遲早會回來要塞的吧。到時我一定要好好招待他們，感謝他們的救命之恩。」

「說不定他們已經死了。」

莫拉語氣冷漠地說道。他的推斷很合理，面對大量災獸的追殺，想全身而退根本不可能。而且這裡是前線，就算他們成功逃跑，也很可能碰到魔界軍的巡邏隊，結局恐怕比死還慘。

「他們一定還活著。」

克拉蒂語氣篤定地反駁莫拉，後者聞言忍不住皺眉。

「請問您如此肯定的原因是什麼？」

「嗯——直覺？」

「……」

「你跟他們接觸的時間太短，不知道他們的特別之處。那些人雖然奇怪了一點，但不是普通人。我相信他們一定還活著。」

妳也不過跟他們多相處一個晚上，是又能知道他們的什麼了？莫拉忍住吐槽的欲

望，只簡短地回了一句：「希望如此。」

望著不遠處的比賽場入口，智骨深深吸了一口氣。

因爲沒有肺，所以其實根本吸不到東西，但他還是爲了舒緩緊張而做出這樣的動作，彷彿靈魂深處有什麼告訴他該這麼做。據說不死生物偶爾會受到生前記憶的影響，做出活著時的習慣動作。如果這個說法是眞的，那麼智骨在作爲不死生物誕生前，應該是一個習慣深呼吸的魔族吧？

嘛——至少可以確定的是，那時的我是有肺的。

正當智骨胡思亂想的時候，其他選手也陸續從休息室走出來，跟智骨一樣站在賽場入口。工作人員已經告訴他們接下來的流程了——等待指示，然後依序進場。

這時蘇西突然用力瞪了智骨一眼，然後說道：

「不得不承認，妳比我想的還要厲害……不過我可不會就這樣輕易認輸。我會讓妳知道，什麼叫偶像的骨氣！我絕對不會讓妳贏的！」

智骨一臉莫名其妙地看著蘇西，不明白這個人類女性爲何這麼敵視他。

「挺能幹的嘛，小姑娘。不過接下來可是亂鬥模式，光有力量是沒用的，重要的是頭腦。」

「別怪我們，危險的幼苗就該提早拔除。」

「咈咈咈，反正妳還年輕，以後有得是機會。」

這時獸人男子、侏儒女子與跛腳中年也突然開口說話。聽到他們的發言，智骨不由得大吃一驚。這些傢伙竟然打算聯合起來對付自己？

「哼……看來想讓妳下台的不只我一個。」

蘇西先是訝異地看了三人一眼，然後轉頭對智骨露出得意的微笑。雖然面具怪人沒有表態，但四打一就已經很夠了，甜蜜拉拉的淘汰已成定局。

智骨完全無法理解他們的做法。跟他比起來，獸人男子與侏儒女子的戰鬥力更強，如果要聯手對付強敵，這兩人才是應該優先解決的對象吧？爲什麼第一個被針對的卻是自己？

就在智骨想要詢問時，工作人員恰好發出了入場指示，於是他只能抱著滿肚子疑問走進比賽場。智骨與其他選手一起站到比賽場中間，一邊讓主持人介紹自己，一邊接受觀眾的歡呼。

看來到此爲止了……

智骨的心情調適得很快，此時已經做好棄權的準備。畢竟他現在的角色可是「柔弱的人類少女．甜蜜拉拉」，要是被砍到一劍，理論上是不可能再戰鬥下去的。面對多人圍攻而落敗，想來黑穹也不會責怪他……大概。

等挨了一擊之後再棄權吧。不過也不能表現得太乾脆，必須先掙扎一番，後面還要露出不甘心的表情……嗯，好難啊……

智骨沒信心能夠做出那麼細膩的表演，但事到如今也沒其他辦法，只能盡力而爲。

這時主持人已經簡短介紹完每一位選手，在他跳下擂台的那一刻，比賽鐘聲隨之響起。智骨擺出架勢，準備迎接眾人的圍攻。

然而事情有了意外的變化。

原本放話要聯手圍攻智骨的獸人男子、侏儒女子與跛腳中年，竟然直接衝向面具怪人！

面對三人的突襲，面具怪人明顯慌了手腳。獸人男子與侏儒女子手持武器近身搏鬥，跛腳中年則是站在後方用魔法七弦琴支援，三人的配合堪稱完美無缺。他們的攻勢太過淩厲，面具怪人根本沒有還手的機會，只能拚命逃跑。

「你、你們在幹什麼啊！不是說要先解決甜蜜拉拉的嗎——？」

蘇西不禁尖叫起來，然而獸人男子等人完全無視她，只一直猛攻面具怪人。

「你們這些混蛋！我——唔？」

蘇西的叫聲因爲背部傳來的惡寒而停止，她動作僵硬地轉過頭去，赫然看見一位滿臉笑容的可愛少女不知何時站在身後。

「甜、甜、甜……」

「雖然不知道是怎麼回事，但或許這是解決我們之間問題的好機會哦，大嬸。」

「誰是大嬸！我才三十二！」

蘇西的表情頓時由驚恐轉爲憤怒，但很快她連發怒都做不到了，因爲智骨將手中的擴音棒當成武器，狠狠砸向她的腦袋。伴隨著響徹全場的砰咚聲，蘇西倒下了。

「呼，搞定。接下來……」

順利解決對手後，智骨抬頭觀察局勢。

蘇西的退場並沒有影響其他人，獸人男子、侏儒女子與跛腳中年依舊圍攻面具怪人，彷彿雙方之間有著什麼深仇大恨。要是換成一般人早就落敗了，但面具怪人身手頗為了得，不斷成功閃避三人的攻擊。

然而面具怪人能做的也只有這樣了，畢竟他沒有武器，也沒機會放出幻景心音。

智骨只看了幾秒，便知道自己該怎麼辦了。

按照常理，此時的他應該要幫助面具怪人才對。獸人男子、侏儒女子與跛腳中年顯然私下締結了同盟，他們先前在台下說要對付甜蜜拉拉，只是為了讓面具怪人鬆懈，以便奇襲。等到面具怪人被打倒，恐怕下一個就輪到自己了。

所以，智骨的選擇自然不言可喻。

「各位觀眾！甜蜜拉拉的新歌《愛的奇蹟》，今天在此公布！耶嘿——！」

智骨迅速退到擂台邊緣，接著一邊高喊開場白，一邊啟動魔法道具，放出了刻印的歌曲。

「刻印」是擴音棒的特殊功能之一，能事先將唱好的歌曲儲存起來，表演時再放出來。主辦單位提供的擴音棒原本封鎖了這項功能，但考慮到選手在亂鬥模式下恐怕無心唱歌，如此一來將失去「歌舞格鬥」這個主題的意義，因此決定解禁。

伴隨著輕快的節奏，甜蜜拉拉的歌聲響徹賽場。

起舞吧　在這耀眼的黎明之中
朝著夢想勇敢跨出一步　火熱勇氣燃燒凜冬
我知道哦　有什麼事即將發生
遙遠的距離　擋不住我內心的鼓動
唱歌吧　在這燦爛的星空之中
直視不可知的未來　用激情與夢想貫穿蒼穹
認真傾聽　讓兩顆心互相感應
跨越時間與空間　吹起名為愛情的風
喝采吧　在這華麗的舞台之中

世界是我的表演場　以笑容與希望繪出彩虹
粉碎黑暗　用靈魂演奏光的歌
拍動夢想的雙翼　愛與希望映入眼瞳
點燃火焰　一瞬化為永恆　用歌聲填滿心中的洞
拋開悲傷與寂寞　擁抱心中盛開的鮮花
勇敢回應心與心的感應　愛的光芒照亮天空
點燃火焰　一瞬化為永恆　用歌聲傳達心的悸動
超越憎恨與哀愁　夢想有如鑽石般閃耀
勇敢回應心與心的感應　愛的光芒照亮天空

當刻印的歌曲放到五分之一左右時，智骨就已唱完咒文。跛腳中年見到智骨吟唱咒文，試圖放出衝擊波阻止，但因距離太遠，連續三發都沒有擊中。

這正是智骨故意退到擂台邊緣的原因，敵人要是想打斷他的吟唱，最快也最簡單的方式就是讓跛腳中年出手。但智骨早已看穿對方的魔法七弦琴沒有追蹤攻擊的效果，只

能靠使用者的肉眼瞄準目標，因此只要保持距離，魔法七弦琴的命中率必定大幅下降。要是眞的被擊中……那也只能怪運氣不好了。

智骨對自己的運氣沒什麼信心，但這次那頭名爲不幸的怪物似乎對他沒有興趣。就在跛腳中年猶豫著要不要暫時脫離圍攻戰線，先縮短距離打斷智骨的吟唱時，後者已經完成了咒文。

「什麼……？」

「嗚哇！」

「這、這是——！」

觀眾席響起了驚呼。

出乎眾人的意料，智骨施放的魔法，竟然是製造幻象。

彷彿是在呼應那令人羞恥的歌詞一般，在觀眾眼裡，甜蜜拉拉的身上突然噴發大量的愛心、彩虹、星屑與羽毛幻象。

「竟然連幻象魔法都會！」

「天才！絕對的天才！年紀輕輕就會這麼多法術，天才！」

「是絕對的蠢才吧！把那份精力拿去鑽研幾個特定法術，說不定早就成爲閃銀級了！」

「白痴！甜蜜拉拉又不是傭兵，成爲閃銀級有個屁用！」

就在觀眾的感歎與議論聲中，幻象迅速淹沒了比賽場，因爲視線受到嚴重干擾，獸人男子與侏儒女子的攻勢不復之前凌厲，面具怪人的壓力頓時減輕不少。

「先解決那個小丫頭！」

侏儒女子朝跛腳中年大喊。

這是正確的戰術。再這樣下去，面具怪人很可能找到機會放出幻景心音，讓局勢變得更複雜。反正跛腳中年的遠程攻擊也因爲幻象而失去準頭，不如暫時退出戰圈，先去收拾甜蜜拉拉。

跛腳中年立刻轉身奔向甜蜜拉拉，這時一團星光朝他迎面撞來。跛腳中年無視幻象，直接衝了過去，沒想到就在星光穿過身體時，看見了一顆閃亮——中間隱約透露出漆黑顏色——的光球。

「咦？」

被光球擊中的瞬間，跛腳中年驚覺自己的體力竟然被奪走了一部分。

不只跛腳中年，其他選手同樣遭到光球襲擊。由於光球夾雜在幻象裡，所以他們全都沒有防備，輕易中招。

「什麼——？」

「這、這是——！」

他們忍不住發出驚訝的叫喊，但更令他們詫異的還在後面。

那種奪走體力的光球——竟然還有好幾顆！

暗元素魔法・負性之箭。

發射以負能量凝聚而成的箭矢，物理攻擊力很弱，但能夠削減生物的體力，如果是對不死生物使用，反而會讓對方變強。對不死生物陣營的法師而言，這個魔法屬於初級中的初級，即使是智骨這種不成熟的法師也能輕鬆釋放一大堆。

對付負性之箭的方法其實很簡單，因爲它幾乎毫無威力，也無法穿透物體，所以很容易抵擋，拿盾牌也好，穿鎧甲也好，用武器擊打也好，總之只要不讓它接觸到裸露的身體就行了。

然而沒有人會在偶像選拔賽上穿鎧甲，再加上幻象的干擾，選手們失去了在第一時間防禦的機會，就這樣被負性之箭連續擊中，體力被剝奪殆盡，直至昏厥。

……沒錯，智骨從一開始就打算把所有人一起打倒。

與面具怪人聯手？那個選項看似明智，實際上毫無意義。就算幫助面具怪人，他們的勝率也不可能超過其他三人，就算勉強贏了，最後還是要與面具怪人爲敵。既然如此，不如乾脆來個無差別魔法轟炸！

基於甜蜜拉拉上半場的表現，所有觀眾與選手都產生了一個誤解，那就是將甜蜜拉拉當成了只會強化魔法的魔法師。

會有這樣的誤解也很正常，從甜蜜拉拉的年紀與使用過的強化魔法數量來判斷，她會攻擊魔法的可能性不大，就算眞的會用，威力也不會太強。

在魔法的世界，決定法術威力的要素有三個——術式、魔力與熟練度。

如果用劍來比喻，術式就是劍，魔力就是劍士的肉體能力，熟練度就是劍士的使劍手腕。

說穿了，魔法就是使役元素的技術。它跟所有技術一樣，越是熟練，威力就會越大。正因如此，大家才會對甜蜜拉拉的本質有所誤解。身爲一位表演型的吟遊詩人，會用那麼多強化魔法就已經夠誇張了，如果連強力攻擊魔法都會，這教其他正統魔法師情何以堪？

於是，打破所有人常識的一幕就這麼上演了。

在觀眾看來，其他選手就像是被夾雜在幻象裡的光球轟炸到失去意識，最後站在場中的，只有甜蜜拉拉一人而已。

冠軍，就此誕生！

04.
骷髏不想談戀愛

「那麼，乾杯——！」

黑穹舉起大把手的啤酒杯，克勞德等人也跟著舉杯，然後一口氣飲盡。

這是第一百二十七次的乾杯。

奪得偶像選拔賽優勝的當晚，黑穹便在「擁抱勝利的黃金酒杯」大廳舉辦慶功宴，直到天亮還沒結束。因為他們先前的暴行，這間旅店至今仍沒有其他客人入住，所以不用擔心會給其他人帶來困擾。就連女侍也被灌了酒，此時正趴在牆角桌上呼呼大睡。

就算通宵痛飲，開拓小隊的精神依舊旺盛。人界的酒和魔界的酒成分不一樣，喝起來沒什麼感覺。雖然不烈，但酒精畢竟是酒精，喝了一整晚之後，就算是黑穹也有點微醺。在場唯一保持清醒的人就是智骨，畢竟不死生物是不可能醉的。

就在智骨心想這場宴會恐怕會持續到明天時，湯姆・歐普的信使來到了旅店，要求甜蜜拉拉立刻單獨前往瘋馬酒館，說是要「討論重要的事」。

「應該是關於接下來的工作吧？說不定他們打算趁著這股氣勢，將你推上世界級舞台。這麼重要的事，為什麼我這個經紀人非得被排除在外不可？我一定要跟著去！」

黑穹不滿地喊道，其他人也跟著「就是就是」地起鬨。幸好女侍早已醉倒，否則甜蜜拉拉的祕密肯定就此洩露出去。

「……請恕屬下直言，我們再過七天就必須回去了。不管他們打算制定什麼計畫，都是不可能執行的。」

聽到智骨的提醒，眾人立刻露出驚訝表情，顯然他們已經完全忘記這件事。

「竟然只剩七天了嗎？」

「真的耶！快看牆上的日曆！」

「總覺得好像才剛來而已啡！」

眾人忍不住感嘆時間的流逝竟是如此地悄無聲息，黑穹則是用力咂舌。

「好吧，那我不去了。還有智骨，既然只剩七天，你得更加努力才行。我們雖然收集到不少情報，但缺乏重量級的內容。我們已經做好我們該做的事，剩下的就看你了。」

智骨一邊在心中大喊「你們究竟做了什麼？」，一邊低頭回答：「屬下會努力的。」

當智骨來到瘋馬酒館後，發現辦公室裡不只歐普，昨天那位面具怪人也在。

令人不解的是，面具怪人坐在椅子上，而歐普則像侍從般站在他旁邊，這個構圖明

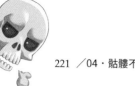

顯很不對勁。

「那麼小人就先出去了。」

見智骨進去後，歐普用恭敬的語氣對面具怪人說道。

面具怪人點了點頭，歐普立刻走向辦公室的大門。一背對面具怪人，歐普立刻露出焦慮的表情，並且朝智骨猛眨眼睛。見到這一幕，智骨心中頓時閃過許多猜測。

……原來如此，這傢伙是某個大人物。

面具怪人大概是爲了取樂之類的原因，故意隱藏身分參賽吧。對方恐怕是不滿昨天的比賽結果，所以特地跑來找回面子。

麻煩了，希望不要演變成必須動手的局面……不對，要先往最壞的方向考慮……乾脆由我這邊先下手？

就在智骨思考等一下該如何偷襲面具怪人時，對方率先開口了。

「不用緊張。我今天出現在這裡，不是爲了給妳帶來壞消息。」

從面具怪人的聲音中感覺不到敵意。智骨稍微鬆了一口氣，把才剛想好的襲擊計畫踢到心中的角落。

「我不會罵妳卑鄙或趁人之危。在戰場上，什麼事都有可能發生。爲自己的敗北找藉口，是無能者才會做的事。妳昨天的戰術與臨場判斷都很完美，我輸得心服口服……哎，失禮了，我好像還沒自我介紹。」

面具怪人站了起來，然後緩緩脫下面具，露出一張英俊的年輕臉孔。

「我叫阿提莫·梵·薩米卡隆，或許妳曾聽過我的名字。」

眞的是大人物！而且大得不得了！

看見智骨訝異的表情，阿提莫露出微笑。

「比賽場上的妳看起來威風凜凜，沒想到也會有這種表情。」

「呃……嗯……」

阿提莫地位雖高，但智骨也是見過不少大人物——例如自家軍團長——的不死生物，因此很快就恢復平靜。

「抱歉，失禮了。讓您見到難看的樣子。」

「不會，這樣的妳也很有魅力。」

阿提莫笑著說道。雖然覺得對方似乎話裡藏有其他意思，但此時智骨無暇多想，只是沉默以對。

「是不是覺得很奇怪，爲什麼我要隱瞞身分出場比賽？」

「爲了取樂？」

阿提莫聞言愣了一下，接著哈哈大笑。

「一般人就算心裡這麼想，嘴巴也不敢說出來。拉拉小姐果然膽識不凡。」

「要是讓您感到不愉快，我道歉。」

「不，沒事。只是覺得很新鮮。貴族之間的交談很累人，每個意思都要套上一、兩件隱蔽的外衣，好像不這麼做就不夠體面。像這樣有話直說輕鬆多了，請繼續保持，不用改變。」

「……如果您這麼希望的話。」

「說到哪了？哦，對，爲什麼我要隱瞞身分參賽。其實成爲偶像明星是我的夢想，但是身爲王族的一員，我不能輕易在人前露面，做出有可能影響王室風評的事。」

雖然受限於身分與血統，但阿提莫還是無法完全放棄自己的夢想，因此才會跑去學習吟遊詩人系統的魔法。平時沒事就在家裡吟詩寫歌，鮮少出現在社交場合，被其他的王室親戚視爲怪人。

原本他以爲自己終其一生都必須懷抱著遺憾而活，沒想到瘋馬酒館剛好要舉辦偶像選拔比賽。身爲要塞地位最高的人類，阿提莫不用顧慮其他人的想法，就算眞的出了什麼麻煩也能運用權力將其壓下，所以他決定隱瞞身分參賽。

「原本我可是很有信心的。想說如果奪冠，就當場宣布棄權，把冠軍讓給第二名。沒想到第二名反而是我，哈哈哈哈。」

阿提莫爽朗大笑。智骨並沒有跟著笑，只覺得這傢伙實在是太閒了。莫非人界軍跟他們那邊一樣，有著地位越高越是不務正業的習慣？

「那昨天坐在評審台的人是……？」

「替身。」

「……也就是說，另一名裁判也知道這件事？」

「啊啊，其實不只波魯多，其他軍事委員也都知道。」

阿提莫知道自己參賽的事不可能瞞過所有人，所以早就提前告知其他軍事委員，因爲沒有利益上的衝突，所以其他委員也就隨他高興了。不過在不知內情的人聽來，只會覺得這些軍事委員做事荒唐而已。

這些傢伙還眞是亂來……不過比起那個，眼前還有更重要的事要做！

智骨忍不住在心中感謝魔神，竟然賜給他這樣一個好機會。

復仇之劍要塞最具權勢的五人之一就在眼前，只要與他打好關係，就有機會套出寶貴的情報。

只是在那之前，智骨必須先搞清楚阿提莫爲何叫他過來。嘴巴說不在意勝負，其實心裡在意得要死……這樣的可能性也不得不考慮。

「可是，你爲什麼要對我說這些事呢？這件事知道的人越少越好吧？就算不對我說，應該也不會有什麼問題。」

智骨按照甜蜜拉拉的人設，一邊微微歪頭，一邊試探性地問道。

「理論上是這樣沒錯，但……唔嗯……嗯嗯……怎麼說呢……因爲我覺得要是再隱瞞下去，會妨礙我接下來想做的事，而且對妳也會太過失禮。」

「失禮？對我嗎？爲什麼？」

阿提莫沒有回答，而是輕咳一聲，然後從椅子上站起，緩緩地朝智骨走去。

見對方逐步逼近，智骨暗中做好出手的準備。

……難道他發現了我的眞面目？我露出什麼破綻了嗎？

智骨忍不住思考最糟糕的狀況。就在這時，阿提莫從背後抽出了某個東西，以閃電般的速度朝智骨刺去！

果然！可惜你太小看我了！

智骨不擅長近身戰鬥，此時又沒有強化魔法加持，因此大概閃不過這一擊吧，但這無所謂，他打算在承受對方攻擊的同時加以反擊，身爲不死生物，以傷換傷絕不吃虧。

然而阿提莫的動作不知爲何突然停止，手中的武器也恰好停在智骨胸口前方。當智骨看見指著自己胸口的物體時，不禁爲之一愣。

那不是武器，而是植物的生殖器官——也就是俗稱「花」的東西。

「我迷上妳了。請跟我交往吧，拉拉小姐！」

阿提莫手握一枝美麗的粉紅玫瑰，雙眼直視智骨，用認眞的口吻說道。

……啊咧？

💀💀💀

復仇之劍要塞採半軍事化管理，太陽下山便實行宵禁，禁止任何人在街上遊蕩。

要塞巡邏隊都是正規軍，裝備齊全，身手強悍。曾有兩支傭兵團打算在晚上械鬥，兩邊人數合計數百人，被巡邏隊發現後，不到半小時就遭到鎮壓，由此可見巡邏隊實力之強。

由於復仇之劍要塞太過廣大，而巡邏隊人數有限，因此必須依靠監視系魔法道具進行輔助。即使如此，要塞還是有巡邏隊無法顧及的角落，於是那些地方自然成爲鬼祟之人的據點。

深夜時分，要塞倉庫區的某間矮小房屋裡聚集了四個人。他們穿著附有兜帽的斗篷，體型高矮不一，充分地把「可疑」這個字眼詮釋得淋漓盡致。

「你說什麼？混帳！」

體型最爲高大的斗篷人喊道，刻意壓低的聲音裡飽含怒氣。

「沒聽清楚嗎？那我再說一遍。你們沒有完成工作，所以後面的報酬不能給你們。」

另一個斗篷人說道。雖然體格比對方小了一半，但從他的聲音完全感覺不到畏懼。

「喂喂，老闆，這可不能怪我們。誰也想不到會發生那種意外吧？」

「是啊，要不是那個小丫頭突然搗亂，我們早就把目標幹掉了。」

其他兩名斗篷人也陸續開口。其中一人是女性，但聲音聽起來讓人很不舒服；另一人聽聲音則是上了年紀的男性。

「無聊的藉口。你們好歹也是這一行的專家，應該知道規矩。事實就是，你們沒有完成工作。」

「嘖！」

體型高大的斗篷人褪下兜帽，露出凶惡的表情。此人正是在偶像選拔賽上大放異采的獸人。另外兩人也紛紛露出真面目，他們便是參加了同樣比賽的侏儒女子與跛腳中年，兩人神色險惡，一副隨時準備動手的樣子。

面對三人的威嚇，最後一名斗篷人完全無動於衷。

「我沒有說錯吧，你們沒有完成工作。」

「你——」

「想動手也無妨，只是你們考慮好後果了嗎？」

三人氣勢頓時一滯。

「三位應該猜得到自己是怎麼來的吧。要是打算毀約，你們要怎麼回去？還有，你們覺得我們會就這麼算了嗎？請考慮清楚。」

斗篷人語氣淡然，但內容卻成功震懾了三人，他們的表情流露出明顯的猶豫。

獸人男子、侏儒女子與跛腳中年並不是復仇之劍要塞的人。

他們是來自不同國家、並在地下世界小有名氣的暗殺者。獸人男子是卡蘇曼，侏儒女子是巴爾哈洛巴列哈斯，跛腳中年是神聖黎明。原本他們互不認識，但不久前突然接到一份刺殺委託，然後就被帶到了復仇之劍要塞。

三人來到此地的過程也完全一樣——被一個神祕人用不知什麼樣的方法，在一瞬間帶到了復仇之劍。

他們不是沒見過世面的菜鳥，自然可以猜出那個神祕人大概是用了傳送魔法。傳送魔法是只有魔法等級達到十三以上才有辦法接觸的東西，換句話說，眼前這名斗篷人身後站著一位稀世強者，那根本不是他們可以對抗的存在。

尤其是，斗篷人剛才提到了「我們」。

這意味著，斗篷人隸屬於某個組織，而那名稀世強者也是組織的一員。擁有那種強者坐鎮的組織，絕對不是普通勢力。如果他們想找自己算帳，恐怕怎麼躲也躲不掉吧。

「……你想怎麼樣？」

侏儒女子用缺乏活力的聲音問道。另外兩人沒有開口，但眼神也不復先前的危險，在明確了解雙方的強弱後，他們已經知道就算幹掉眼前的斗篷人也沒有意義，反而只會把自己推下懸崖。

「我可以再給你們一次完成工作的機會。」

聽到斗篷人彷彿施恩般的話語，三人的反應不是感激或生氣，而是倒吸一口冷氣。

「喂喂，那樣的鬧劇難道還有第二次嗎？」

「饒了我吧，我那時可是一直在忍耐啊。在人前唱歌什麼的，拜託不要再做了。」

「我是說真的，就算是殺手，也是有羞恥心的！」

三人雖在偶像選拔賽中表現得遊刃有餘，但在精神層面上其實承受著巨大的折磨。

他們是刺客，是暗殺者，是在黑暗中行動的生物，像那種光明正大在成千上萬人面前唱歌跳舞的行爲，對他們而言簡直就是酷刑。

「……放心，這次是在街道，很正常的地方。」

斗篷人能夠理解對方爲何會是這種反應。換成是他，也不想在大庭廣眾之下賣藝。

三人聞言鬆了一口氣。

「啊啊，街上嗎？還好還好。」

「那就沒問題了。其實比賽的時候，我的狀況一直很差。」

「啊，我也是。總覺得手腳像是有什麼東西綁住一樣，沒辦法使出全力。」

初次踏上舞台的人，都會罹患類似的症狀。能夠在那樣的情況下奮戰至決賽，可見這三人的意志力確實堅韌。

「夠了。這次要是再失敗，可就沒有任何藉口了。你們沒問題吧？」

「呼呼呼，那當然。」

「當時觀眾太多，有些手段沒辦法拿出來。這次就不須顧忌什麼了。」

「沒錯。這次絕對會讓你見識一下何謂專業的刺客。」

三人保證絕對可以完成工作，絕對不會再失手。見到他們這番表現，斗篷人反而感到不安，但這時也不適合說一些潑冷水的話，無論如何，保有鬥志總是好事。

「……啊啊，加油吧。」

最後，斗篷人只能用這句話為今晚的會面畫下句點。

💀💀💀

花。

植物的生殖器官，在人界擁有特殊意涵。

或許是因為外表漂亮，加上氣味好聞，人界將花視為非常具有正面意義的東西。婚禮也好，喪禮也罷，無論任何場合都可以見到花的身影，簡直就是萬能的裝飾品。

由於魔界沒有這樣的習俗，因此智骨很難理解人界為何如此欣賞植物的生殖器官，在書裡看到人類有送花的習慣時，還為此驚訝了好一陣子。當時的他恐怕怎麼樣都想不到，自己也會有收到植物生殖器、同時被雄性人類求愛的一天。

「……智骨，我們的任務能否完成，就全看你的了。」

黑穹說出這句話的時候，她的臉色是嚴肅的、表情是沉痛的、聲音是哀戚的。若不是手裡拿著咬了一半的帶骨肉，嘴角還沾著醬汁的話，這段表演可謂充滿了悲壯感。

「屬下——」

「我知道，對你來說這很辛苦，畢竟你沒有任何經驗。但是，沒有魔族從一出生就懂得所有事情。在未知中摸索，跌倒了就站起來，直到學會如何做好它，這就是所謂的成長。智骨，不要害怕，去挑戰吧！」

「不，屬下覺得——」

「答應阿提莫．梵．薩米卡隆的約會，從他身上刺探情報！這是命令！」

「……遵命。」

智骨閉上雙眼，用認命似的語氣說道。原本安靜站在一旁的克勞德、金風與菲利，聽到智骨的回答後立刻忙碌起來。

「喂，誘惑異性應該要怎麼做？我老家是把身體塗滿油，突顯肌肉。」

「我故鄉那邊是把頭上的角弄得又香又漂亮。還有，角長得越大越有利啡。」

「我們的做法是唱歌，還要讓毛皮變色。」

「綜合起來……我們要讓甜蜜拉拉塗油，身體熏香，毛髮變色？」

「不不，那是魔界，人界的做法應該不一樣啡。」

「所以到底該怎麼做啦？」

克勞德等人為了該怎麼準備甜蜜拉拉的初次約會而苦惱不已，這時黑穹開口了。

「笨，去問旅館女侍啊，只要給她小費就好。」

三人恍然大悟，紛紛讚美黑穹的英明睿智，並表示他們一定會竭盡全力打扮智骨，讓他奪走目標的心！

看著上司與同僚的互動，智骨心中充塞著莫大的絕望與後悔，他實在不該把關於阿提莫的事說出來的。

阿提莫提出衝擊性的交往請求後，並沒有要求甜蜜拉拉當場給出答覆，而是讓她回去考慮一個晚上，等到隔天兩人約會結束後再給他答案。

因為事情發展太過離譜，智骨茫然地回到旅館後，沒有多想就把情況全部報告給黑穹，所以才會出現眼前這一幕。

失算了！我應該早點料到會發生這種事的！

智骨為自己的不智而懊惱，竟然因為那點小事就動搖，實在有辱不死生物之名。

遺憾的是，這個世界不以人——現在這種情況該說是不死生物——的意志而轉動。無論再怎麼不情願，隔天智骨還是一早就被盛裝打扮，在眾人的打氣聲中被踢出門。

智骨拖著沉重的腳步走向約定好的地點。

約會的第一站，是在一間名叫「閃電角笛」的酒館吃午飯。至於為何不在瘋馬酒館，似乎是因為「在自己名下的產業約會，感覺氣氛不夠」這種奇怪的理由。

智骨抵達閃電角笛時，發現阿提莫已經坐在裡面。阿提莫不僅坐在視野最好也最顯眼的位子，而且還戴著面具，使得整個酒館的客人都在偷偷打量他。

「失禮了。我不想被認出來，所以只好戴面具，請妳見諒。」

「……我無所謂。不過，你這樣要怎麼吃東西？」

阿提莫的面具是全罩式的。

「這樣就可以了。」

阿提莫按了一下面具，嘴巴部分立刻變得可以活動，只要向下一拉，就能露出可以塞東西進去的空間。

「哦……很精巧嘛，這個。」

「請點菜吧。這間店的羊排我很推薦，雞肉派味道也相當不錯。甜點的話，我建議選水果酒烤布丁或是索蘭風甜餡餅。」

阿提莫滔滔不絕地說道，一旁的侍者露出了「這小子是內行人」的感慨表情。然而智骨點了一份蔬菜沙拉……兩人頓時啞口無言。

智骨並非想給阿提莫難堪，而是不得不如此。他的本體其實是骷髏，因爲沒有內臟，吃下去的東西會直接堆積在身體裡面。如果吃了味道太強烈的食物，講話時氣味就會從嘴巴噴出來。爲了維護甜蜜拉拉的人設，他只能選擇味道清淡的料理。

「原來如此，是爲了保持身材嗎？聽說很多偶像明星都會這麼做。」

阿提莫沒有生氣，而是發揮了充分的想像力，幫智骨的行動做出了合理的解釋。就在智骨慶幸這傢伙的思路足夠單純時，對方又補了這麼一句：

「如此嚴以律己，不愧是我看上的女孩。我對妳更著迷了，拉拉。」

……沒有內臟的智骨，首次體會到什麼叫想吐的感覺。

「拉拉，妳的故鄉是哪裡？」

「拉拉，妳的生日是幾月幾日？」

「拉拉，爲什麼妳想成爲偶像明星？」

「拉拉，妳的魔法是跟誰學的？」

智骨原本打算在吃飯時找機會刺探情報，然而阿提莫搶先一步，不停地向智骨提出各種問題。

幸好智骨早就料到會發生這種事，昨晚就想好了相關設定。

甜蜜拉拉是一個出生在偏僻鄉村的姑娘，很小的時候父母就過世了，由奶奶撫養長大。奶奶是村裡唯一的魔法師，也是幫甜蜜拉拉打開魔法之門的人。有一天，某支偶像明星的巡迴表演隊伍剛好路過故鄉，他們不只停下來休息，那位偶像明星甚至還爲村民唱了好幾首歌。見到偶像明星的風采後，甜蜜拉拉便立志要成爲那樣的人。

……以上就是甜蜜拉拉的人生簡歷，至於細節部分，就用「時間太久，忘記了」、「當時太小，記不清楚」等藉口敷衍過去。只要不過分深究，乍聽之下還是很正常的。

爲了不讓阿提莫繼續發問，以致露出破綻，智骨吃完飯後立刻提議去外面走走。阿提莫欣然同意。

約會的第二站是商店街。

就如同正義之怒要塞一樣，復仇之劍要塞也有大量隨軍人員在這裡開店做生意，提供各式各樣的商品。一進入商店街，智骨與阿提莫便吸引了大量目光。

「那個女生……難道是甜蜜拉拉？」

「一定是！我昨天也有看比賽，前排的位子！拉拉的長相看得很清楚！」

「那個戴面具的……不會是昨天被拉拉打敗的傢伙吧？」

「他們在幹嘛啊？」

由於銘刻於靈魂內的高性能感知魔法陣，智骨能夠聽見周遭路人的竊竊私語。不過其實聽不見也沒差，只要有點基本的邏輯能力，就能推論出他們爲何會是這種反應。

「拉拉，他們爲什麼一直看我？我的面具破了嗎？難道我的僞裝被看穿了？」

智骨無言地看著阿提莫。眼前這個缺乏邏輯能力的傢伙竟然是這座要塞地位最高的人類。

如果復仇之劍要塞軍事委員會都是這種貨色，想必我軍不久後就能高唱凱歌了吧……

智骨一邊嘆息，一邊低聲向阿提莫解釋。後者聽完，立刻露出恍然大悟的表情。

「原來如此。妳眞聰明，拉拉！不愧是我看上的女孩。我對妳更更著迷了。」

……不死生物的情緒波動一向不明顯，然而此時的智骨，首次體會到什麼叫沸騰的殺意。

被人圍觀的感覺實在很糟，因此智骨提議去比較沒有人的地方，阿提莫欣然——甚至可以說是興奮地——同意了。

他們甩開了跟在後面的路人，然後在阿提莫的帶領下來到一處較爲安靜的場所。此處位於要塞東側，由於將來要在這裡建造一些優先度比較低的建物，也就是所謂的建設預定地，所以現在相當荒涼，幾乎看不到人。

「拉拉小姐！」

突然，阿提莫停下腳步，轉頭看著智骨。

「關於交往的事，妳——」

「呼嘿嘿嘿嘿，很恩愛嘛！」

一道粗暴的聲音打斷了阿提莫。智骨與阿提莫轉頭看向聲音的來源，發現不遠處正站著一群蒙面人，而且類似的傢伙還不斷地從附近冒出來，轉眼間就將兩人包圍。

「你們是誰？」

阿提莫厲聲質問，於是一名蒙面布巾上縫著「1」的男子站了出來。

「我們是復仇之劍要塞純潔風氣護衛隊！簡稱純風隊！」

「純風隊……？那是什麼？要塞才沒有這種編制！你們是傭兵嗎？」

「我們不是傭兵，是義士！」

「義、義士？」

「沒錯，義士。我等眼見要塞風氣日漸墮落，深感痛心，最後決定挺身而出，爲端正要塞風氣而戰！我們不求名、不求利，只求一個風氣純潔的要塞！我們所要戰鬥的對象，就是你們這種把守護世界的重責大任拋在腦後，滿腦子只想談戀愛的狗男女！」

阿提莫與智骨無言地看著蒙面1號男。對方的邏輯太過奇葩，他們的思考完全跟不上。

「問完了嗎？那就覺悟吧，你們這對狗男女！兄弟們，上！」

蒙面1號男猛力揮手，緊接著四周的蒙面大漢們一邊喊著：「爲純潔風氣而戰啊啊啊啊啊啊！」一邊氣勢驚人地衝了過去。

「拉拉小姐，小心！」

阿提莫把智骨拉到身後，然後開始吟唱咒文。

他們與蒙面集團之間相隔僅有數十公尺，這點距離只需四、五秒就能將兩人抹消。然而就在這段短暫的時間裡，阿提莫漂亮地完成了魔法。只見蒙面大漢們紛紛滑倒，彷彿他們正站在冰上，或者地面塗滿了油一樣。

滑足術！而且吟唱速度好快……！

智骨立刻認出阿提莫用了何種魔法。滑足術是一種減少地面摩擦力、令敵人難以行動的魔法。它的效果乍聽之下很土氣，但實用性極高，不僅咒文短，魔力消耗也小，是很受魔法師青睞的輔助性法術。

咒文的吟唱時間與施術者的魔法實力呈反比，越是強大的魔法師，吟唱咒文的時間就越短，其中的原理似乎牽扯到精神與物質、時間與空間、客觀與主觀、唯心與唯物之類的奇妙關係，也是許多大魔法師窮極一生努力鑽研的課題。

阿提莫的施法速度很快，法術影響範圍也很廣，魔法實力顯然相當深厚。

「放心，拉拉小姐，只要我還站著，就沒有人可以碰到妳的衣角！」

阿提莫嚴肅喊道。看著對方凜然的背影，智骨突然靈光一閃。

等等……這個……難道是阿提莫自導自演的一齣戲，也就是所謂的套路？

智骨想起了曾在圖書館看過的人界言情小說，裡面經常出現英雄救美的劇情，也就是利用各式各樣的危機，加深男女之間的感情。

智骨恍然大悟。他就覺得奇怪，這些蒙面大漢出現的時機未免太巧了，講話內容也莫名其妙，如果是刻意安排的，那一切就可以解釋了。

「我草，這傢伙這麼厲害？」

蒙面1號男站在最後方，似乎很驚慌地大喊。

智骨想通了之後，便覺得蒙面1號男的言行舉止很像演技，而且還是相當差勁的那種。反而其他蒙面大漢的表現值得稱讚，他們明明不斷滑倒卻又拚命想要撲過來的模樣，實在非常敬業。

接下來應該就是大喊「給我記住！」，然後帶著手下撤退了吧？

智骨根據書中英雄救美套路的既定模式，猜測對方接下來的行動，然而蒙面1號男卻突然大喊：

「可惡，不行了……老大！對不起，要請您出手了！」

這時蒙面大漢們紛紛停止掙扎，然後集體做出半跪的動作。一名蒙面人從後方緩緩走了出來，此人披著黑色斗篷，蒙面布巾上縫著「0」的數字，登場氣勢十足。

……原來如此，等到打敗對方的首領後再讓他們撤退嗎？也對，只是讓這群人滑倒的話，沒辦法突顯阿提莫的英勇。

智骨暗暗點頭。不得不說，這個劇本的確不錯，可惜有一個明顯的敗筆，那就是對方首領個子太小，聲音也過於尖細，缺乏最終頭目的感覺。

「……哼哼，真沒想到，對付你們這樣的貨色，竟然還需要我親自動手。」

蒙面0號首領說道。就連台詞也很像小說故事裡的反派老大，毫無新意。

「你就是頭目？很好，我今天就要把要塞的蛀蟲剷除──」

阿提莫的話還沒說完，便感覺眼前閃過一道黑影。下一瞬間，巨大的衝擊在他臉上炸開，將他的意識炸成一片白光。

就這樣，阿提莫被蒙面０號首領打倒了，躺在地上再也站不起來。

沒有任何懸念的敗北，只用一拳就決定勝負，簡直就是壓倒性的戰力差。

智骨呆愣地看著這一幕，感覺事態似乎、好像、可能、或許、大概跟他原本所想的不一樣。

💀💀💀

深夜，要塞倉庫區的某棟小屋再次進行了聚會，參與者與上次完全相同。

「你說什麼?再說一遍!」

斗篷人怒聲質問，他的語氣失去了以往的淡然。至於被質詢的對象，自然是獸人男子、侏儒女子、跛腳中年三人。

「不是我們幹的，有其他人插手。」

跛腳中年把自己剛才說過的話重複了一遍。

「……到底是怎麼回事？」

斗篷人壓抑怒氣，要求對方把話說清楚，於是刺客三人組把今天早上發生的事情說了出來。

原來阿提莫與甜蜜拉拉約會時，他們一直跟在後面找尋下手的機會，因此目擊了整件事的經過。

「你說他們沒有殺了面具人，而是把那兩人帶走了嗎？」

「是的。」

「他們被帶去哪裡？」

「北邊的倉庫區。」

「你們不會想辦法潛進去殺掉目標嗎？那正是你們的拿手本事吧？」

「不行不行，看守的人太多了。而且那個0號首領強得跟怪物一樣，一定會被發現的！」

跛腳中年猛力搖頭，獸人男子與侏儒女子也是一臉認同地點頭。

「對方有那麼強嗎？」

「有！我完全看不見他的動作，等察覺時，面具人已經倒下了。」

「見到那幅畫面，我的雞皮疙瘩全都起來了。」

「那可不是開玩笑。換成是我，應該也是一招都接不下吧。」

刺客三人組紛紛發表意見，從那明顯流露出恐懼的言行來看，應該沒有說謊。他們是優秀的刺客，而且擅長的技術各不相同，能讓這三人承認自己完全沒有應對的辦法，可見蒙面0號首領的強大。

「嘁，沒想到竟然會有第三者插手……」

斗篷人用力咂舌。出乎意料的發展，令他無法再維持先前那種淡然的態度。

斗篷人正是莫拉．霧風。

莫拉接到刺殺阿提莫的任務後，便一直煩惱該如何下手。幸運的是，不久後他就從克拉蒂口中聽到阿提莫打算蒙面參賽的消息，於是連忙向眞理庭園提出協助申請，而組織也沒有辜負他的期望，兩天後便送來了幫手，也就是眼前的刺客三人組。

這三人與眞理庭園毫無關係，他們在自己國家接到暗殺委託後，就被組織帶到了復仇之劍要塞，就算遭到逮捕，也撬不出什麼有用情報。當然，莫拉根本不打算讓他們有被捕的機會，任務完成後，就會立刻處決三人。

莫拉暗中打點裁判，讓刺客三人組得以通過預賽。他原本已經做好各種準備，要在比賽場上以意外事故的方式殺死阿提莫，沒想到突然冒出一個甜蜜拉拉攪局。

幸好在那之後，阿提莫私下跑去拜訪克拉蒂，詢問年輕女孩喜歡怎樣的約會行程。當時莫拉也在場，還提供了一點意見，前往無人的建設預定地正是他的主意，好讓刺客三人組下手，結果最後卻跑出一個莫名其妙的純風隊，打亂了計畫。

接二連三的意外，讓莫拉不由得焦躁起來。

……不行，冷靜……要冷靜。別急，還有機會。

阿提莫是今天白天被綁架的，此時人類那邊恐怕已經發現不對勁，開始陷入混亂了吧。根據經驗，阿提莫的部下們應該會一邊封鎖情報，一邊努力尋找上司，但他們不可能隱瞞太久，最遲到了明天，其他軍事委員就會知道消息，開始搜查要塞。

人類那邊肯定會懷疑這是不是其他軍事委員在搞鬼，其他軍事委員也會懷疑人類是不是在玩詭計，因此雙方不可能互相配合。混亂的指揮體系，正好方便他動手腳。原本像這樣的大事，「莫拉・霧風」這名精靈是沒資格參與的，但只要搬出「克拉蒂・星葉的護衛」這個頭銜，就能化不可能爲可能。

「……我知道了。我會想辦法削弱他們的防守力量，然後你們再去殺掉目標。」

莫拉很快重拾冷靜，並且想好後續的計畫。

「我說老闆，幹嘛這麼麻煩？反正那個面具人遲早會被撕票吧。」

侏儒女子問道，獸人男子與跛腳中年也跟著點頭。

「不，還不能確定。只是綁架而已，事情還有變化的可能。沒見到屍體之前，絕不能放心。」

這麼簡單的道理，刺客三人組不可能不知道，唯一的解釋就是他們在害怕——害怕那名蒙面首領，因此不想沾染任何有可能碰到對方的事情。

「可是——」

「夠了。明天同樣在這裡集合。想要放棄工作也無所謂，但是後果自負。」

莫拉說完便轉身離開，完全不給三人討價還價的機會。

就在莫拉與刺客三人組會面時，要塞北邊倉庫區的某倉庫也在進行一場祕密會議。

「請問您為什麼要做這種事？」

發問的人是智骨，此時的他已經卸下妝容，回復原來的模樣。

「我只是想讓你們的約會變得精采一點，好讓他留下深刻印象嘛。」

黑穹一邊搔頭一邊露出不好意思的表情。

「的確留下了深刻印象，他到現在還沒醒過來啊！」

「我明明沒有用力……人類真是脆弱，太不耐打了。」

黑穹一邊搖頭嘆氣，一邊對旁邊的床鋪投以責難的視線。床上躺著一名人類男性，此人正是阿提莫・梵・薩米卡隆。

將阿提莫一拳擊倒的蒙面0號首領，其實就是黑穹假扮的。至於純風隊的真面目則是赤色暴熊，黑穹不知何時將那群流氓傭兵收服了，先前的偶像選拔賽上，他們也在觀眾席幫甜蜜拉拉打氣加油。

打昏阿提莫後，因為不知接下來該怎麼辦才好，所以黑穹乾脆先把他帶回旅店。或許是因為下手過重，阿提莫直到現在還沒醒來，就算用了治癒藥水也一樣。

「黑穹大人，要不要再給他灌一瓶高級治療藥水看看？」

「不行！治療藥水不能亂喝！尤其是高級的！」

克勞德的建議被智骨阻止了。

治療藥水的原理在於提升肉體的自癒力，活化細胞，使傷勢迅速復元。越是高級的治療藥水，提升的倍率越大。正因如此，要是健康的人喝了，反而會令細胞過度活化，進而互相吞噬，導致身體崩潰。

「你說的是魔界的治癒藥水，人界的治療藥水或許喝多了也沒事啡。」

「如果有事的話該怎麼辦？」

一被這麼反問，菲利立刻移開了視線。

「我說啊，我們的目標其實是這傢伙腦子裡面的情報吧？乾脆把他綁回正義之怒要塞怎麼樣？」

「……你想重新挑起戰爭嗎？」

智骨傻眼地看著金風，金風則是歪頭回望智骨。

「沒人知道就沒事了吧。」

「怎麼可能不知道啊！這傢伙是王族啊！」

「那又怎樣？」

「人界的王族，不，應該說是貴族，都有一部分肉體素材保留於家族內部的傳統，爲的就是預防像現在這樣的事情。」

這個世界存在著所謂的尋人魔法，只要以目標的肉體素材爲觸媒，就能確定位置。如果是血、毛髮或指甲這種會不斷再生的東西，必須使用相當的數量，如果是臟器之類的，只要一點點就夠了，因此大部分的貴族都會將臍帶作爲觸媒。

「關在結界裡的話呢？」

黑穹這時插口了，她似乎對金風的意見有點心動。

「沒有用。因爲以前發生過很多次類似的事情，所以尋人魔法一直不斷被改良，如今最高階的尋人魔法，已經變成了跟因果律法術沒兩樣的東西。恐怕，需要桑迪大人出手才可能防得住吧。」

以上這些知識都是智骨從書上看來的，並非空口杜撰。聽完之後，黑穹眼中的興致也迅速消退，取而代之的是厭惡的情感。

「啊，那算了。我才不想去低頭拜託黑殼蟲呢。」

金風的建議就這樣被否決了。雖然理性上知道那是最佳選擇，但感性部分拒絕接受。

「這也不行、那也不行，那到底該怎麼辦啊？」

「我怎麼知道！」

「要不要先想辦法讓這傢伙醒來？總不能讓他一直昏迷下去吧。」

「怎麼做？找醫生啡？」

「不可能啦，要是被人發現他的身分，事情就麻煩了。」

「那該怎麼辦？」

「不知道！可是還是要想個辦法。」

討論內容陷入了無意義的迴圈，就像是在沒有終點的迷宮裡徘徊一樣。這時黑穹突然「嗯哼——」地輕咳一聲，其他人頓時安靜下來。

「讓這傢伙清醒的事交給我吧。還有，我已經想到該怎麼辦了。」

「哦哦——！真不愧是黑穹大人！這麼快就想出了辦法！」

「如此英明睿智……超獸軍團能有這樣的人物領導，實在太幸福了！」

「請務必讓屬下聆聽您的無雙計策！」

克勞德、金風與菲利立刻大吐讚美之詞，唯獨智骨沒有附和，這是因爲他看見黑穹的目光落到了自己身上。不妙的預感從心底湧出，令智骨忘記加入奉承的行列。

意識宛如泡沫，從名爲睡眠的深淵緩緩上浮。

阿提莫睜開沉重的眼皮，陌生的天花板隨即映入眼簾。他很快就察覺自己正躺在地上，而且手腳都被綁住，臉上的面具也被拿掉了。

天花板附近有排氣孔，明亮的光線從那裡透入室內。阿提莫緩緩移動視線打量四周，可以發現這裡應該是倉庫之類的地方。

……什麼……這是……啊……輸了嗎、我？

腦海裡迅速閃過昏迷前的記憶。阿提莫知道自己被打敗了，現在看來似乎還遭到拘禁。他嘗試轉動僵硬的脖子，然後發現身旁竟然還躺著一個人。

「拉、拉拉小姐！」

阿提莫喊出對方的名字。躺在他旁邊的正是甜蜜拉拉，而且手腳同樣被綁住。

「早安……不，現在說這個似乎不太適合。總之，你醒了就好。」

甜蜜拉拉像是放下心似地吐了一口氣。就在阿提莫想要提出「妳還好吧？」的問題時，耳邊響起了刺耳的碰撞響。

阿提莫急忙轉頭，看見了蒙面0號首領，剛才的聲音源自於對方粗暴地推開木頭門板。

「是你！你想幹嘛！」

阿提莫瞪大雙眼，緊張地看著蒙面0號首領。

「呼呼呼，那還用說？」

蒙面0號首領發出充滿惡意的笑聲。阿提莫腦中立刻閃過「綁架」、「贖金」、「人質」之類的單字。

「——當然是要糾正你的錯誤思想，幫你重新塑造正確的人生觀、價值觀與世界觀。等你領悟到純潔風氣的重要與美好之後，一定會很樂意成爲我純風隊的一員，爲糾正要塞風氣的大業貢獻心力！」

蒙面0號首領用熱情洋溢的聲音大喊。語畢，阿提莫整個人都呆住了，過了數秒才回過神來。

「你是白痴嗎？我才不可能加入你們！」

「呼呼呼，話別說得太早。總之先關個幾天，讓你好好反省一下自己的錯誤吧。」

「喂！等等！你到底想要什麼？贖金嗎？還是——」

回應阿提莫的只有冷漠的關門聲。蒙面0號首領完全沒有理會對方，乾脆地離開。

阿提莫嘖了一聲，然後低聲說道：

「拉拉小姐，不管怎麼樣，先想辦法逃出去再說。」

「我也是這麼想的。可是要怎麼做呢？」

「總之先把能做的事都試一遍。」

阿提莫首先試著吟唱咒文，但很快就發現自己的魔力被封住了。接著他試圖掙脫繩子，同樣失敗。然後他環顧四周，想找到可以用來破壞繩子的東西，但什麼也沒找到。

阿提莫試了各種方法，卻無一成功，最後沮喪地嘆了一口氣。智骨見狀，連忙按照計畫鼓勵他。

「絕境好感度作戰」——這就是黑穹想出的辦法。

簡單地說，就是讓阿提莫誤以爲自己與甜蜜拉拉遭到了綁架。黑穹等人會設法誤導人界軍，讓他們找不到這裡。智骨則是在這段時間內努力刺探情報，就算問不出什麼，也能讓阿提莫因爲同爲受害者的夥伴心理，加深彼此的感情。

「聽好了，智骨。就算打聽不出情報，也要強化你們之間的好感度！」

智骨想起了黑穹昨晚的鄭重叮嚀。他很想提醒上司搞錯了順序，情報才是首位，好感度那種東西根本無所謂。

「別擔心。外面現在應該已經發現你失蹤了，相信很快就會找到這裡來，千萬不要放棄。」

聽到甜蜜拉拉的安慰，阿提莫露出苦笑。

「找不到的……說不定根本沒人在找我。」

「怎麼會呢，你可是軍事委員。」

「就算我是軍事委員也一樣，拉拉小姐。」

阿提莫的回答意外地頹廢，令智骨大惑不解。只是打輸而已，有必要這麼沮喪嗎？黑穹當時所展現的暴力，應該還不至於碾碎阿提莫對於自身權力地位的信心才對。

「對不起，拉拉小姐，是我連累了妳。」

就在智骨思考時，阿提莫道歉了。

「這不是你的錯，是那些人——」

「不，是我的錯！他們的目標是我。我不該出來見妳的。如果我一直躲在指揮部就好了。全怪我！明明都發生了那種事，我還……是我的錯！都是我！」

「……到底是怎麼回事？方便的話，可以告訴我嗎？」

阿提莫的反應太過奇怪，於是智骨試著追問。

「事到如今，隱瞞也沒有意義了……不對，要是再隱瞞下去，對妳太不公平了。」

在兩年前的冬天某日，人類之國．神聖黎明的第一王子去世了。

那天第一王子與部下們外出狩獵，沒想到遇到強大的災獸。雖然最後成功擊斃災獸，但第一王子也負傷了。由於傷勢輕微，所以眾人起初不以為意，還稱讚這是榮譽的傷痕，沒想到第一王子身體狀況急速惡化，當天晚上就陷入昏迷，就算喝了治癒藥水也沒用。當高階神官從王都匆忙趕來時，第一王子已經嚥下最後一口氣。

第一王子的死亡，引發了巨大的動蕩。

作爲神聖黎明下任王位的繼承者，第一王子的表現非常傑出，無論是學識、武藝、教養、品行或人格魅力都無可挑剔，據說連現任國王都曾動過乾脆直接退隱，將王位讓給第一王子的念頭。

第一王子死亡，讓其他擁有繼承權的王室成員們終於看見了掌握至高權力的希望，原本團結在第一王子身邊的派系也解散了，紛紛找尋值得下注的目標。就這樣，一場名爲爭權奪利的風暴席捲了神聖黎明。

更糟糕的是，國王在第一王子去世後，也因爲悲傷過度而臥病在床無法理事。沒有了制止的人，繼承者們行事變得更加放肆。鬥爭情況以令人驚愕的速度惡化，僅僅數月，排除政敵的手段便升級到暗殺。

阿提莫雖然對爭奪王位毫無興趣，也拒絕了主動靠攏過來的派系，但因爲繼承權順位非常靠前，哪怕既無資質也無意願，依舊被其他人視爲威脅。

這時，人界軍傳來了「復仇之劍要塞需要一位指揮官」的消息，於是阿提莫自願擔任這個職位，趁機離開王都，藉此宣示自己退出了王位爭奪戰。

「……沒想到他們還是不肯放過我。我都已經躲到前線了，不但隨時可能陣亡，也沒辦法爭取貴族的支持，為什麼他們還要殺我？我明明什麼都沒做啊。」

說完神聖黎明高層內情後，阿提莫發出了沉重的嘆息。智骨則是努力消化情報，並思索有無價值。

嚴格說來，這並不是什麼有用的情報。人界軍是多國聯合軍隊，就算其中一個國家發生混亂，對人界軍整體也不會造成致命影響。何況現在魔界軍尚未敲開通往人界土地的門扉，根本不可能對神聖黎明的內鬥做些什麼。

……不對，我只是個小小上尉，沒資格判斷什麼情報重要，什麼情報不重要。我該做的，就是努力挖掘情報。

智骨暗暗搖頭，同時想起黑穹的囑咐。

提升好感度……怎麼提升？這時候我該怎麼辦……？他看起來很沮喪……鼓勵他？怎麼鼓勵？

智骨拚命攪動腦子——雖然骷髏沒有這種東西——想找出適合台詞，以往在圖書館看過的書籍在他心中快速閃過。《你也可以成為人上人～成功者系列．自我催眠篇～》、《聽說皇帝暗戀我》、《攻略國王的九十九種方法》、《轉生之後的我成爲寵妃》……智骨從記憶的抽屜翻出大量資料，以便擬定接下來的說詞。

總之……先想辦法恢復阿提莫的信心吧。肯定他的存在價值，讓他覺得自己其實很優秀。

智骨輕咳一聲，喚回了阿提莫的注意。

「阿提莫，我覺得正因爲你來到前線，所以他們才更想殺你。」

「爲什麼？我都已經沒辦法爭奪王位了！難道只要是有繼承權的人，他們都要殺掉嗎？他們就這麼想殺死自己的親人嗎！」

阿提莫立刻激動起來。智骨搖了搖頭。

「不是那樣的，阿提莫。你認爲自己躲到前線，就代表放棄競爭，但他們的想法剛好相反，認爲你是因爲想要成爲國王才會這麼做。」

「……什麼？」

「要是你在前線立下功勳，不僅能夠得到巨大的威望，軍隊也會支持你。這樣一來，你就變成最有力的國王候補了。」

「這、這怎麼可能！我完全不懂打仗啊！」

「阿提莫，你對自己的評價太低了。他們正是清楚你有那樣的才能，所以才要派人來殺你。」

「欸……？」

「不是嗎？沒人會在毫無威脅的敵人身上浪費時間，因爲你的行動讓他們感到著急，所以才要殺你。可見親赴前線這一招，實在是一步絕妙好棋，你是思考了很久才做出這個決定的吧？」

「不……那個……我只是想逃離王都而已，但缺乏資源與人脈……剛好聽到前線招人，所以才……」

「也就是說，你在連自己都沒有意識到的情況下，做出了最佳選擇。這正是擁有至高才能的人才做得到的事。阿提莫，你不小心露出的才華，讓他們感到畏懼了。」

「是……是這樣嗎？」

「當然囉！」

接下來智骨不斷讚美阿提莫是多麼地優秀，彷彿他生來就該成爲國王一樣。類似的奉承阿提莫以前也聽過不少，當初那些勸誘他爭奪王位的貴族也講過同樣的話，而且言詞更加華麗洗練。

阿提莫很清楚自己能力的極限，因此從來不把那些過度誇張的逢迎當一回事。然而，眼前少女的話語似乎有種奇妙的力量，讓他不禁懷疑從前是不是太輕視自己了，實際上自己也擁有王者的資質。

隨著智骨的開導，阿提莫的眼神越來越明亮，彷彿有什麼被打開了一樣。就在智骨已經無話可說時，阿提莫「哈啊」地嘆了一口氣。

「原來如此，我明白了……那個什麼純風隊的，果然是其他繼承人派來的，否則無法解釋他們首領的實力爲何這麼強。沒有當場殺了我，應該是想先榨取情報，等沒有利用價值了再處決吧……」

阿提莫擅自曲解純風隊的來歷，智骨並沒有糾正這個美妙的誤會。

「謝謝妳，拉拉小姐。因爲妳，我終於明白了很多事……還有，對不起，我本來已經安排好妳的出道計畫，還有往後一個月的約會行程……現在這些都白費了。」

少做多餘的無聊事情，混帳！智骨忍住想要大叫的衝動，一邊露出假笑一邊搖頭。

「沒關係。我本來就不是爲了成爲偶像才參加比賽的。」

「嗯？那妳爲了什麼才參賽的？」

不小心說出心裡話的智骨暗喊糟糕，拚命思考合適的理由。這時，上次任務時的角色設定突然在他心中閃過。

「是爲了……嗯……那個……修、修行！」

「修行？」

「對，修行。參加比賽，一方面是爲了驗證自己的實力，一方面是爲了找出自己的不足之處。就算獲得冠軍，我也不打算出道當偶像明星。」

「原來如此。妳打算累積足夠的實力後再出道，然後一口氣碾壓其他偶像明星，登臨頂點嗎？眞了不起。」

阿提莫擅自將「不打算出道」這句話，誤解爲「不打算現在就出道」。因爲懶得浪費力氣解釋，所以智骨乾脆用微笑敷衍對方。

「拉拉小姐果然很了不起。反觀我……過去一直渾渾噩噩地生活……我實在配不上妳……」

眼見阿提莫又有沮喪下去的跡象，智骨連忙鼓勵他。

「要相信自己喲，阿提莫。你是有才能的，只要多努力一點，肯定能把浪費的時光補回來。」

「拉拉小姐……」

阿提莫一臉感動地看著智骨，然後突然滾啊滾地滾到了智骨身邊，因爲四肢被綁住，想移動只能用這種方式。

就在智骨心想這傢伙要幹嘛時，阿提莫慢慢地把臉湊近智骨，而且還閉上了眼睛。

等等！這是什麼發展？

智骨驚恐地看著阿提莫越來越近的臉。

該怎麼辦？我該做出什麼反應？閃開？大叫？頭槌？

正當智骨不知該如何是好之際，外面突然響起了吵鬧聲。

「你們是什麼人——嗚啊！」

「竟敢動手！你們以爲我們是誰？」

「上，讓他們知道純風隊的厲害！」

屋外傳來喝斥聲與武器交擊聲，阿提莫也因爲這意外的變故停止了動作。過沒多久，房門被踢開，一名侏儒女子闖了進來。

「妳是……？」

「比賽時的……？」

阿提莫與智骨立刻認出闖入者的身分。侏儒女子先是環顧室內，然後才將視線落到兩人身上。

「面具人？」

因爲阿提莫沒戴面具，所以侏儒女子才有此一問。阿提莫原本想要點頭，但對方身上散發出的殺氣，以及某種被稱爲直覺的東西，令他下意識地否認了。

「不，我不是。」

「哼。我認得你的衣服，而且你說謊的技術太差了。」

侏儒女子露出獰笑，然後舉起短劍衝了過來。這下再蠢的人都知道她想幹什麼。

阿提莫腦中閃過「刺客」這個字眼，同時也醒悟到爲何在決賽時自己會遭到圍攻，因爲侏儒女子、獸人男子與跛腳中年，都是其他繼承者派來解決自己的刺客。

完了……！

就在阿提莫絕望之際，一道黑影突然闖入他與侏儒女子之間。

那是智骨。

智骨不知侏儒女子爲什麼要攻擊阿提莫，但要是讓對方得逞，就無法再從阿提莫身上套取情報了。由於他的手腳也被綁住，因此只好撲上去，用自己的身體擋下這一劍。

「拉拉——？」

阿提莫瞪大眼睛，發出了難以置信的悲鳴。侏儒女子也同感驚訝，然後露出冷笑。

「哼，妳看上這小子了？以身爲盾，好感動啊，不過沒有意義。妳——咦？」

侏儒女子很快就發現不對勁。從劍柄傳來的手感跟以前不一樣，完全沒有刺中肉體的感覺，仔細一看，對方被劍刺入的地方也沒有流血。

下一秒，一股衝擊在侏儒女子的臉上炸開。

被頭槌擊中的侏儒女子仰起了頭，然後就此倒地不起。

普通人的頭槌不可能有這樣的威力，但智骨可是經過特殊強化的骷髏，骨骼硬度堪比精鋼，這一記頭槌就算說是直接用鐵鎚砸臉也不爲過。

「拉拉！妳沒事吧！拉拉——！」

因爲角度，阿提莫沒有察覺任何異狀。在他看來，這名勇敢的美少女不僅用自己的身體爲他擋劍，而且還拖著重傷之軀設法打倒了對方。

一股巨大的感動湧上心頭。

在過去，從未有人爲自己做到這種地步。

不曾覬覦國王寶座的他，一直被人視爲可有可無的存在。就算是那些打算勸他爭奪王位的貴族，也只會在口頭上給予支持，不肯付出一點實質性的東西。類似的遭遇不斷重複上演，讓他自認看透了人世的虛僞。

然而在今天，有一名少女願意爲了他犧牲生命。

自己曾爲她做過什麼嗎？曾對她承諾過什麼嗎？被貴族們輕視、缺乏任何實質性權力的自己，有值得付出性命交好的價值嗎？

無論怎麼想，答案都是否。

即使如此，這名少女還是救了他。

爲什麼？

答案只有一個。

這名少女的情操是如此高潔，所以才會不計利益得失地伸出救援之手。

……這下該怎麼辦？

看著正插在肚子上晃啊晃的短劍，智骨傷腦筋地想。

要是轉身，阿提莫就會發現他沒有流血，這樣一來他的眞實身分也就曝光了。

啊咧？等等……好像在哪看過類似的事……？

智骨想起在圖書館看過的言情小說裡，有一部分的故事是以悲劇收場。內容大多是男主角或女主角爲對方而死，從此變成對方心中最重要的人。現在的情況，不就跟那個很像嗎？爲什麼不利用這個機會，讓甜蜜拉拉來個華麗的退場呢？

「——唔！」

打定主意之後，智骨立刻往前彎曲身體，同時發出痛苦的呻吟。

「拉拉——！」

阿提莫驚慌大喊。他想要確認對方的傷勢，但因爲手腳被綁，只能用打滾的方式移動，而智骨只須轉一下身體就可以把他的努力化爲泡影。

「拉拉！妳傷得怎麼樣？讓我看看！」

「嗯……好像、已經不行了呢……」

「別說喪氣話！再忍耐一下！一下下就好！很快會有人來救我們！」

阿提莫拉高聲音說道，他感覺眼角好熱，視野也逐漸變得模糊。

「抱歉……我大概撐不到那個時候了……嗯……那個……怎麼說呢……總之，很高興在人生的最後，能認識你。」

智骨原本想說一些漂亮的台詞，但回想起那些言情小說的對話內容，他感覺要是眞的說出那些玩意兒，自己可能會失去什麼重要的東西，所以只是隨口敷衍一下。

「拉拉——！振作一點！再撐一下！眞的，只要再撐一下就好，千萬不要放棄！」

「阿提莫……你一定要……好好活下去哦……」

「拉拉！拉拉！拉拉——！」

阿提莫毫無尊嚴地拚命滾動，只爲了想要看智骨的傷口，可惜一直無法如願。雖然臉孔已被眼淚、鼻涕與灰塵弄得骯髒不堪，但他沒有放棄，這下智骨又開始傷腦筋。假死很簡單，反正他本來就沒有呼吸心跳，但是傷口沒有流血這個破綻太難填補了。

就在這時——突然響起了巨大的轟鳴聲。

巨響降臨的下一瞬間，強光、火焰與高溫摧毀了倉庫的天花板與牆壁，毫不留情地吞噬了兩人。

Epilogue

凡是見過復仇之劍要塞指揮部的人，對於它的第一印象大多是「忙碌」。

由於採用軍事化管理，因此復仇之劍要塞的大小事情都會匯報到指揮部，就算在指揮部附近搭建了許多臨時辦公場所，最後還是得讓上級、上級的上級、上級的上級的上級簽署文件，因此指揮部的人員進出極爲頻繁，讓人聯想到勤勞的螞蟻或蜜蜂。

相對於中下階級，位於權力頂端的管理層反而顯得空閒。由於有大批幕僚幫忙處理工作，因此軍事委員會的委員們只要進行最後確認即可，如果是比較偷懶的軍事委員，甚至連文件內容都不看，只唰唰唰地在上面簽名。

阿提莫．梵．薩米卡隆就是後者的代表性人物，但最近這種情況似乎有了變化。

「……也就是說，他開始會看文件了嗎，姊姊？」

克拉蒂一邊問道，一邊將柳橙果醬加進自己的紅茶。

「不只是看而已，還會發表意見了。聽說昨天他推翻了一個幕僚們擬定好的事項，這是從來沒有過的事。」

克莉絲蒂回答的同時，也跟妹妹一樣將果醬加進紅茶，分量還是雙倍。

「嗚哇，他之前都沒有親自處理工作過吧？這樣不是會帶來麻煩嗎？」

一個從未接觸實務工作的領導者，跟一個有著大量實務經驗的管理者，誰能做出正確的決策自然不言可喻。阿提莫的行為，就像那種不懂裝懂的討厭上級，誤將權力與智慧畫上等號，只因爲身處高位，就覺得自己做什麼都是對的。

「不，好像沒有哦。他正確指出了那個事項的錯誤，把幕僚辯得啞口無言，而且後來還提出不錯的意見。」

「欸——挺厲害的嘛。難道以前他是在藏拙嗎？還是說，只是不想再偷懶了？」

「誰知道呢。反正自從那件事過後，他就像變了個人。」

克莉絲蒂口中的那件事，就是阿提莫的綁架事件。

五天前，阿提莫在沒帶任何護衛的情況下祕密外出，與一位名叫甜蜜拉拉的少女約會，結果遭到了綁架。

阿提莫的幕僚們發現上司失蹤後，原本想要在不驚動其他勢力的情況下把人找回來，無奈事與願違，這個消息隔天就傳到其他軍事委員耳中。在波魯多．火鎚的強烈要求下，軍事委員會進行了大規模搜索。

當天下午，倉庫區突然發生火災，警備隊趕到時，在火場發現了昏迷的阿提莫，以及數十具身分不明的屍體。經過治療，阿提莫隔天傷勢盡復，並且清醒了過來。

根據阿提莫的證詞，以及各種現場痕跡判斷，此次事件的參與勢力有兩個。其一是自稱純風隊的暴力組織，另一個則是由獸人、侏儒、人類組成的三人隊伍，後者還曾在偶像選拔賽中企圖刺殺阿提莫。

兩方勢力爲了爭奪阿提莫而衝突，過程中有人使用了爆炸系魔法轟擊倉庫，純風隊與刺客隊伍盡皆死亡。施術者有可能是刺客隊伍的一員，也可能是第三方勢力，由於線索不足，目前仍未定論。

整起事件中的另一位關鍵人物——甜蜜拉拉，目前下落不明。

火災現場沒有甜蜜拉拉的屍體。根據對方經紀人團隊所投宿的旅店女侍證詞，她從未見過那位名爲甜蜜拉拉的少女。

倉庫火災發生後，經紀人團隊便離開了旅店。警備隊在搜查他們的房間時，發現桌上有一張便箋，疑似甜蜜拉拉所寫，上面的內容是：「要加油哦，我繼續去修行了。」

一切都顯得莫名其妙，但最莫名其妙的是，事件的調查被強行中止了。

由於涉及神聖黎明的王位爭奪，其他軍事委員認爲沒必要再深究下去，阿提莫本人也提出同樣的要求，因此這起事件就這樣草率結案了。

「不過這樣真的可以嗎，姊姊？就算是神聖黎明的內部鬥爭，可是竟然在這座要塞裡面亂搞，未免也太不把其他國家放在眼裡了吧。」

「所謂的外交就是這樣，實利才是最重要的東西。那種會爲了面子做出重大決策的國家，只會步上衰落之路。」

「我們那邊也有很多長老是這樣吧？老是喊著高貴啦尊嚴啦什麼的。」

「也只是喊喊而已。等到他們當上決策者，又會擺出另一副嘴臉。」

「什麼啊，眞是骯髒的大人。」

「骯髒的是權力才對。一旦拿到那個，不管是人類或精靈，都會變得不像自己。」

克莉絲蒂目光幽深地說道。明明該是悠閒的午茶時間，氣氛卻顯得有些泥濘黏稠。

「……算了，換個愉快點的話題吧。」

「贊成！」

就在星葉姊妹談論著有關綁架事件的種種疑點時，身爲當事人的阿提莫也同樣正在指揮部裡享用下午茶，兩邊房間的直線距離不到一百公尺。

阿提莫的茶友是波魯多．火鎚，但這位矮人的茶杯裡卻散發出名爲酒精的芬芳，而且味道極爲濃烈，酒與茶的比例大約是八比二。

「這樣眞的可以嗎？」

「嗯，這樣就可以了。」

對於波魯多的疑問，阿提莫淡然地點了點頭。

「沒有繼續調查的必要。就算查出指使者，現在的我也無力制裁對方，沒必要爲此浪費精力。」

「我可以代表火圖向神聖黎明提出抗議，這點權力我還是有的。」

「算了。對方敢在要塞動手，代表擁有不被追究，或者是被追究了也無所謂的自信。那種做法，只會送給其他軍事委員更多的笑話題材。」

「……你好像變了呢，阿提莫。」

「或許有一點點吧。」

「這可不只『一點點』的程度啊！你現在不是工作就是在讀書，每天都忙得看不到人。以前那個阿提莫去哪裡了？那個一有空就彈琴寫詩的阿提莫呢？那個沒事就找我喝茶的阿提莫呢？那個外表光鮮但是眼神像死魚的阿提莫呢？那個跟會呼吸的垃圾只有一線之隔的阿提莫呢？我的好友阿提莫去哪裡了！」

「是說你真的有把我當好友嗎？還有我才沒有一直找你喝茶，明明是你爲了想在上班時間喝酒，才硬是拉我陪你喝下午茶的！」

「……哼，看來是眞貨。如果是別人假扮的，絕對聽不出破綻。」

波魯多一臉得意地雙手交叉於胸前，似乎對於自己的試探很滿意。阿提莫無言地看著矮人好友，心想這算什麼破綻？光看你眼前的茶杯就知道答案了。

「好啦，回歸正題。你這麼勤奮幹嘛？想做出點功績，光榮回歸嗎？」

「我想當國王。」

「原來是要當國王啊，我還以爲是什麼大不了的——欸？」

波魯多發出了很蠢的聲音，一臉呆滯地看著阿提莫，後者表情嚴肅地回望著他。

「阿提莫，你……」

「我是說眞的。我想當國王，所以必須展露自己的能力。雖然晚了好幾步，但也不是全無機會。」

「不，等等，給我等一下。國王？認眞的嗎？你以前明明說最適合自己的職業是詩人！」

「因爲只有坐上王位，我才能成爲配得上拉拉的男人。」

「欸？欸欸？拉、拉拉？什麼東西？」

對著困惑的波魯多，阿提莫說明了自己想成爲國王的原因。

簡單地說，就是一個男人愛上了一個女人，爲了帶給對方幸福，決定奮發向上的庸俗故事，只不過男方的目標訂得高了一點。

聽完之後，矮人雙手抱頭，完全不知道該說什麼才好。

「……你是白痴嗎？」

等到心情稍微平復後，波魯多老實說出自己的感想。阿提莫沒有生氣，只是表情淡然地端起茶杯。

「我知道很困難，但正因如此才有去做的價值。」

「這很奇怪吧！爲了女人當國王什麼的，你是哪裡來的純情小鬼啊？你的精神年齡只有十歲嗎？而且那個叫甜蜜拉拉的也可疑到不行！來歷不明，突然出現又突然消失，你好歹也先搞清楚對方的身分吧！」

「神祕感讓她變得更有魅力了。」

「魅力個屁啊！這跟他媽的神祕感一點關係都沒有好不好！」

「冷靜點，吾友。你說的那些我都有想過，我覺得拉拉對我沒有惡意。如果她眞的對我抱有什麼企圖，就不會在這時候離開了。」

阿提莫把茶杯放回桌上，然後認眞地看著波魯多。

「只要當上國王，屆時不管是誰，都不能阻止我跟拉拉在一起。」

「……老實說，我覺得你瘋了。」

「我沒瘋，只是戀愛了。」

阿提莫笑了一下，然後又重新擺出嚴肅的表情。

「波魯多，幫我吧。」

「啊？幫你？幫你什麼？」

「幫我成爲國王。當然，我也會幫你的。」

「幫我？你幫我什麼？我有什麼需要你幫的？」

「難道你想就這樣一直下去嗎？你不想回到火圖，讓那些除了出身之外，其他地方完全一無可取的同胞們屈膝認錯嗎？」

波魯多沉默了。

他想。非常想。幾乎無時無刻都在想。

波魯多是有才能的，否則也無法從一介平民爬到如今這個位子。然而越是往上，階梯的寬度越是狹窄。已經佔據了位子的先行者們，總是想盡辦法給後來者製造阻礙，以確保自己或子嗣可以一直站在高處。

波魯多曾經試圖衝破那些既得利益者精心打造的天花板，他失敗了，所以才會被扔到最前線，阿提莫也知道這件事。

「吾友，火圖的權力中樞已經變成了他們的遊樂園，你不可能在那裡擊敗他們，所以只能借助火圖之外的力量。」

「……你以為干涉他國內政有這麼簡單嗎？」

「以前沒有，但現在有。聯軍的存在就是契機。」

波魯多並非庸人，一下子就領會到阿提莫的意思。

為了應對魔界軍的威脅，人界諸國不得不暫時放下恩怨糾葛，組織聯合軍隊。如果某個國家的政局動蕩影響了聯軍的穩定，那麼其他國家就有藉口出面干涉，甚至可能演變成扶植傀儡政權之類的情況。

波魯多注視著眼前的茶杯不發一語，彷彿裡面裝了什麼偉大的奧祕。阿提莫沒有催促他，只是安靜地等待。

「……我們該怎麼做？」

良久，波魯多用乾澀的聲音問道。

「首先，就從掌握要塞軍隊這件事開始吧。」

阿提莫微笑回答。

黑暗的世界裡，閃耀著九種不同顏色的星辰。

沒有光，也沒有空氣，在這片摒棄了能量與物質的神祕空間裡，唯有意志是唯一被允許存在的東西。就某方面來說，此處堪稱世上最安全的交流場所。

「暗殺阿提莫．梵．薩米卡隆的計畫失敗了。」

「都已經讓十七協助了，竟然還會失敗嗎？」

「不，十七的工作只是把刺客送入要塞而已，如果他親自動手，阿提莫．梵．薩米卡隆必死無疑，可是這樣一來肯定會驚動豪閃．烈風。千萬不要小看劍聖的力量。」

「看來五十三的能力只有這樣，難當重任。」

九色星辰爲計畫的失敗而嘆息。

當莫拉．霧風提出在偶像選拔賽上暗殺阿提莫的計畫書後，他們便提供了全面的協助，不僅在一天內就找到合適的刺客，還調動組織的高階成員，將刺客不遠千里地送入要塞，切斷線索的剪刀也已備齊。事前準備都做到這種地步了還會失敗，只能說是執行者的問題了。

「我倒是覺得五十三已經做得夠好了。察覺到警備隊接近，立刻當機立斷施法製造爆炸，用火焰埋葬一切證據，這份急智很不錯。」

代號四的銀色星辰提出了不同意見，他正是當初推薦莫拉的人。

「哈，那幹嘛不乾脆一開始就炸掉倉庫？這樣目標早就死了。」

代號五的綠色星辰出聲嘲笑。

「愚蠢，因爲這樣才能把要處理的對象一次集合起來。五十三又不是我們，他的法術影響範圍不夠大。」

銀色星辰的解釋不無道理，其他星辰紛紛附和。

「說的沒錯。讓刺客突擊倉庫，把正在外圍警戒的綁架集團都引來，再用廣域攻擊魔法一次解決，這個戰術確實漂亮。」

「可惜目標沒死。沒想到他竟能在那種火勢下存活。」

「應該是那個叫甜蜜拉拉的女人幹的。她是誰？王室祕衛嗎？」

如果不是甜蜜拉拉，阿提莫肯定早就死在比賽台上。年輕、漂亮，而且實力高強，這樣的人物不可能一直默默無名。最有可能的解釋是，她依附於某個祕密組織，以前一直隱藏在陰影之中，為了保護阿提莫才不得不在公眾面前曝光。

「不可能，王室祕衛的護衛對象是國王與王儲，阿提莫．梵．薩米卡隆只是擁有繼承權而已。」

「那甜蜜拉拉到底是誰？還有，綁架集團的主使者又是誰？」

「別在無聊的瑣事上浪費時間，那種小角色沒有關注的必要。現在的重點在於，我們接下來該怎麼做。」

「繼續進行第三方案如何？只是把目標改成矮人。」

「不行。之前的失敗已經引起軍事委員會的戒心，警備等級提高很多，何況波魯多．火鎚也不是弱者，要在這種情況下殺他，必須投入至少序列不低於二十的戰力，那太浪費了。上次讓十七幫忙運送刺客，就已經讓他很不滿。」

「哼，那又怎麼樣。難道他們還敢違抗命令？」

「別這麼說，五。我們不是軍隊，而是志同道合的夥伴。約束我們的並非力量與恐懼，而是理想與希望。」

「我也這麼覺得，還是放棄第三方案吧。」

「雖然我也贊成放棄，但是真的很可惜啊……只要幹掉那兩個保守派，我們再暗中運作，換上想法更積極的將領，使得復仇之劍要塞軍事委員會的激進勢力佔上風，這麼一來與魔界軍爆發戰鬥的機率就會大增，我們再想辦法擴大戰爭規模……這明明是成本小、風險低、收益高的好方案。」

「嗯，就某方面來說，那個甜蜜拉拉也稱得上是拯救世界的勇者了吧。畢竟她阻止——不，該說是拖延了一場必定會爆發的戰爭。」

「哼，又一個救世者？就像上次那個叫什麼智骨的一樣。」

「不過被拯救的究竟是哪個世界呢？人界？魔界？」

「夠了。事已至此，再討論這些過去的事也沒用。現在最重要的是向前看。」

復仇之劍軍事委員的暗殺計畫就這樣擱置了，九色星辰開始討論其他備用方案。

「真理之核的建議呢？」

「追求成功率的話，第七方案。以隱蔽爲主的話，第十二方案。」

「七跟十二？兩個方案的前置準備都很麻煩啊……」

「七吧，成功率來說是最高的。」

「贊成，我不想再失敗了。連續兩次都因爲莫名其妙的原因受挫，讓人很不爽啊。」

「我也贊成。」

九色星辰很快取得共識，接著開始討論執行計畫的人選。符合資格的成員代號紛紛被提出，但因爲已經失敗過兩次，九色星辰挑選執行者的眼光也變得更加嚴格，遲遲無法做出決斷。

「……我來吧。」

就在這時，橙色星辰突然說道。因爲太過意外，其他星辰瞬間沉默下來。

「……如果你願意出手，計畫當然會成功。不過你確定嗎？」

「難得八肯主動攬下麻煩的任務。」

「請別說得好像我老是在偷懶一樣，我只是受夠了停滯不前的事態。」

「那麼，這個任務就由八來負責，沒問題吧？」

沒人反對。或許該說，此乃其他星辰求之不得的好事。

九色星辰在現實世界都是權勢顯赫的大人物，可運用的私人時間實在不多，這次計畫的事前準備既麻煩又耗時，大家都不想把時間浪費在上面，如今有人願意出手，自然樂觀其成。

「那就交給你了，八。我們等著看你的表現。」

「啊啊，交給我吧。」

💀💀💀

家。

一個擁有多種意義的單字。

它可以代表一個人的住所，也可以代表一個人的歸宿；可以作爲群體的最小單位，也可以作爲稅收的計量基準。然而不管這個單字的內涵有多複雜，對於潛入敵軍要塞長達一個月的智骨等人而言，意義只有一個——那就是魔界軍所駐紮的正義之怒要塞。

回歸的路途毫無波折，或許是因爲黑穹也很想回去，她的飛行速度比往常還要快，開拓小隊只用了二十分鐘就回到正義之怒要塞。

在那之後，黑穹給了克勞德等人三天假期，智骨則是五天。就在智骨對自己竟然受到如此優待而欣喜時，黑穹的下一句話立刻將他打入沮喪的深淵。

「任務報告就交給你寫了，我的那一份也要哦。」

克勞德、金風與菲利的文筆乃是徹底的超獸軍團流風格，說好聽點是簡潔明快，說難聽點就是草率隨便。過去超獸軍團的對外文書一直遭到上級與同僚的嫌棄，直到智骨接手後才有改善。這次的任務報告是要呈交給司令部，因此智骨便成爲最適合的人選。

智骨鬱悶地回到宿舍，然後決定先睡一覺再說。不死生物不會疲憊，但或許是心情方面的問題，這一覺足足睡了十個小時。醒來後，智骨沒有立刻工作，而是開始拆卸自己的身體，仔細地清潔與保養每一根骨頭，甚至還上了蠟。

把自己刷洗得閃閃發亮後，智骨的心情總算好了一點，於是他坐入書桌，開始著手寫報告。

敵軍要塞的規模、內部設施的分布圖、軍隊組織結構、物資流動的概況、指揮體系的介紹……雖然看起來似乎沒在做正經事，事實上黑穹等人早就將這些情報打探得清清楚楚。

在寫到倉庫爆炸的經歷時，智骨停筆思考許久，然後開始說明他爲何要救阿提莫。

當時阿提莫因爲爆炸的衝擊而昏迷，智骨則趁機脫身。他在臨走前用魔法保護了阿提莫，以免對方葬身火窟。當時他沒考慮太多，只是下意識地這麼做了，此時回想起來，他的行動恐怕有資敵的嫌疑。

不過智骨已經想好要怎麼解釋了。

「阿提莫．梵．薩米卡隆是個才能平庸的笨蛋，他的存在對我軍而言是有利的。」——寫完這句話之後，智骨還特別寫了一些阿提莫做過的蠢事，以增加說服力。

因爲沒有進食與排泄的需求，所以不死生物可以連續不間斷地工作，直到能量用盡爲止。等到回過神時，智骨才發現自己竟然一口氣寫了八個小時，報告也完成了。

麻煩事做完後，接下來就是愉快的休假時間！就在智骨這麼想的時候，克勞德等人突然來訪，並且帶來可怕的噩耗。

正義之怒要塞魔界駐軍即將裁撤！

《明明是魔族的我，爲什麼變成了拯救人界的英雄？vol.2》完

後記

天罪

雖然是跟作品無關的事情，不過還是容我稍微提一下吧。

那就是——我終於確診了。

之所以用「終於」這個字眼，是因爲自從二〇一九年疫情爆發以來，我都一直沒有中獎。原本還以自己的小心謹慎而自豪，結果某天醒來突然覺得自己似乎得了感冒，隔天快篩便赫然驚覺自己確診了，只能說人果然不能太得意忘形啊……這就是所謂的不能亂立FLAG嗎？

本書也順利來到第二集了，某位友人曾困惑地問我：「爲什麼你又讓主角女裝？」雖然是透過電話，但我彷彿可以看見手機彼端友人的眼神，那是混雜著輕蔑與惋惜，無聲訴說著「你就這麼喜歡女裝嗎？」、「除了女裝之外你就沒有新梗了嗎？」、「你的書除了讓主角女裝以外還有別的價值嗎」等責難。那一瞬間，我確實感到了羞愧，名爲天使與惡魔的兩道聲音也分別在我耳邊呢喃。

惡魔：「女裝有什麼不好的嗎？反正又不是讓主角每集都女裝。」

天使：「這樣是不行的！請讓主角每集都女裝。」

等等！那個自稱天使的傢伙，給我等一下！你不是應該提出跟惡魔相反的意見嗎？怎麼反而更加激進？果然天使與惡魔都不可靠，人最後還是只能靠自己。

在反省許久（大約十秒）之後，我做出了作者生涯中最重大的決定。

「哎呀，反正只要有趣就行了。」——就這樣，結案。

雖然第二集出版了，但存稿也消耗殆盡了。因爲本身還有工作，所以第三集進度就跟政客兌現競選承諾一樣地緩慢，還望各位見諒。尤其是出版社的諸位，看到這篇後記請不要打我。

感謝繪師@ichigo，將僅有單薄又貧乏的文字敘述的角色一一重現了，請容我在此致上敬意與歉意。

那麼，我們就在不知何時會出版的第三集後記裡再見了。

明明是魔族的我，為什麼變成了拯救人界的英雄？vol.3

下集預告

明明是軍團長副官的我，
爲什麼要接待來自魔界的大人物？

裁軍風暴來襲！正義之怒要塞即將迎接來自魔界的觀察團。
偶然還是必然？復仇之劍要塞也將迎接來自後方的調查團。
同樣的遭遇，不同的命運，
掌握關鍵的人——就是你了，智骨！

「何等可怕的骷髏……不愧是千年一見的天才不死生物。」
「……您過獎了。」

～2023夏，敬請期待～

國家圖書館出版品預行編目資料

明明是魔族的我，爲什麼變成了拯救人界的英雄？
／天罪 著.
——初版. ——台北市：魔豆文化出版：蓋亞文化發行，2023.02
冊； 公分.（Fresh；FS204）
ISBN 978-626-95887-9-4（第二冊：平裝）
863.57 111019870

fresh FS204

明明是魔族的我，為什麼變成了拯救人界的英雄？ vol.2

作　　者　天罪
插　　畫　@ichigo
封面設計　木木lin
助理編輯　林珮緹
總 編 輯　黃致雲
發 行 人　陳常智
出 版 社　魔豆文化有限公司
發　　行　蓋亞文化有限公司
地址：台北市103承德路二段75巷35號1樓
電話：02-2558-5438　傳真：02-2558-5439
電子信箱：gaea@gaeabooks.com.tw
投稿信箱：editor@gaeabooks.com.tw
郵撥帳號 19769541　戶名：蓋亞文化有限公司
法律顧問　宇達經貿法律事務所
總 經 銷　聯合發行股份有限公司
地址：新北市新店區寶橋路二三五巷六弄六號二樓
電話：02-2917-8022　傳真：02-2915-6275
港澳地區　一代匯集
地址：九龍旺角塘尾道64號龍駒企業大廈10樓B&D室
電話：+852-2783-8102　傳真：+852-2396-0050
初版一刷　2023年 2月
定　　價　新台幣 280 元
Published and printed in Taiwan

ISBN 978-626-95887-9-4

魔豆

魔豆